中俄文学互译出版项目·俄罗斯文库

# 俄罗斯当代戏剧集

**3**

苏玲 主编

[俄] 娜·莫西娜 康·科斯坚科 等 著

邱鑫 陈建硕 等 译

中国国际广播出版社

《中俄文学互译出版项目·俄罗斯文库》由中国国家新闻出版署和俄罗斯出版与大众传媒署批准，中国文字著作权协会和俄罗斯翻译学院负责组织实施。

# 社会转型时期的艺术之"新"

## （代序）

1991 年苏联解体改变了世界政治的版图，也成了俄罗斯历史长河中一道重要的分水岭。具有辉煌历史和优秀传统的俄罗斯文学艺术，如何去体察感知社会变幻莫测的温度，如何去丈量描述俄罗斯民族奥妙无穷的精神空间，是俄罗斯社会转型时期这二十多年来世界目光所高度聚焦与密切关注的。

对于中国读者和观众而言，俄国时期的普希金、果戈理和契诃夫，苏联时期的斯坦尼斯拉夫斯基、梅耶荷德和罗佐夫、阿尔布卓夫、万比洛夫等经典作家和戏剧大师，都是耳熟能详的名字。但是，20 世纪末苏联解体至今，俄罗斯剧坛发生了怎样的变化，产生了哪些新的、有代表性的戏剧家和戏剧新作，我们却感觉陌生。《俄罗斯当代戏剧集》就是在这样的背景下应运而生的。在所选的作家中，绝大部分是 20 世纪八九十年代登上文坛或在 21世纪初崭露头角的年轻剧作家。而所选剧目，也大多创作于最近二十年。对中国读者而言，可称得上是"新面孔新作品"。

众所周知，俄罗斯是戏剧大国，具有深厚的戏剧艺术传统。

随着苏联的解体，活跃于 20 世纪七八十年代的戏剧"新浪潮"开始进入尾声。而被学界以"新戏剧"命名的戏剧浪潮开始由弱渐强，成为新世纪俄罗斯剧坛的主流。从"新戏剧"的创作主题、艺术风格和审美特征来看，它具有鲜明的反传统性，聚焦的目标常常是社会边缘群体，反对以剧本为中心和以导演为主导的表现模式，反对戏剧的教化功能，呈现出一种超自然主义的审美倾向。在我们所选的作家中，尼·科利亚达、马·库罗奇金、亚·罗季奥诺夫、瓦·西戈列夫、杜尔年科夫兄弟、普列斯尼亚科夫兄弟、娜塔莉娅·莫西娜、亚历山大·阿尔希波夫等，都是"新戏剧"潮流的代表作家，而尼·科利亚达可以说是"新戏剧"的旗帜性人物。

21 世纪初的俄罗斯戏剧创作，尤其是以科利亚达为代表的"新戏剧"浪潮的活跃，与 1985 年以来苏联进入的转型期社会现状密切相关。20 世纪的最后十余年，苏联文坛开始大量刊发之前被禁的苏联文学作品和国外的后现代主义先锋作品，其中也包括大量的西欧戏剧作品，如残酷戏剧和荒诞剧等。当时正值 20 世纪后半叶俄罗斯"新浪潮"戏剧发展的鼎盛时期。因为万比洛夫对 20 世纪后半期苏联戏剧的影响，"新浪潮"戏剧又被称为"后万比洛夫"戏剧。而作为"新浪潮"戏剧代表作家，柳·彼得鲁舍夫斯卡娅、维·斯拉夫金、亚·加林、柳·拉祖莫夫斯卡娅、米·罗辛、弗·阿罗、谢·兹洛特尼科娃和亚·卡赞采夫等正如日中天。在社会动荡、人心悲凉和信仰危机的时刻，"新浪潮"的剧作家们加大了对黑色现实的描写力度，因其对社会现实阴暗面毫不留情甚至放大尺度的批判，这一时期的"新浪潮"戏剧又被称为"黑色戏剧"。

从本丛书所选的23部戏剧作品来看，作家出生的年代在20世纪40年代到80年代之间，作品的类型有常见的传统悲剧、喜剧和讽刺剧，也有较为少见的滑稽剧和音乐剧，其内容和主题几乎涉及苏联历史上许多重大的事件，尤其是苏联解体以后俄罗斯的社会现实，呈现出了鲜活的戏剧艺术生态。用传统的考察视角，我们可以在这些剧作中发现大致相同的特点。首先，作家们几乎无一例外地将目光聚焦在了社会小人物、边缘人物和社会底层人物身上；其次，作家们热衷于表现外省苦闷的日常生活场景，或是城市中狭小局促的室内空间，使人的生存与个人命运具有了深刻的哲学意味；第三，戏剧人物往往置于"临界"状态，常常一触即发，其行为和言语在极为自由的状态下极易走向极端，要么热情洋溢情绪高涨，要么歇斯底里大声争吵，在种种极端场景下崇高与卑俗、严肃与幽默、哭与笑等截然不同的两面得到了同时的呈现；第四，虽有弱化情节及强化戏剧人物情感和情绪的倾向，但戏剧家们大多没有脱离心理现实主义戏剧传统，对人物的心理和情绪刻画极具现实主义乃至于自然主义的笔法；第五，剧作家们既善于用纪实性手法表现戏剧场景，又善于以虚拟性手法使自己游离于戏剧场景之外，以作者的身份讲述创作过程，对剧中人物进行点评；第六，剧本对音乐、灯光、布景、造型和化妆大多没有严格要求——这也许意味着，以导演为主体的20世纪戏剧艺术正走向式微；第七，从剧作家的身份来看，近半数所选剧作家都有导演或表演经验，有的甚至是专业演员和导演出身，不少剧作家还是影视剧的编剧，可谓一专多能。

在俄罗斯戏剧史上，出现过两次"新戏剧"浪潮。一次发生在 19 世纪末 20 世纪初，也就是契诃夫的时代；第二次发生在 20 世纪末和 21 世纪初。也就是说，世纪之交的俄罗斯社会和剧坛呈现出了略带规律性的同频率共振。在这样的律动中，我们可以更清晰地看到历史延续的印迹和文学艺术血脉的走向。不论是新世纪"新戏剧"浪潮的主流剧作家，还是处于创作探索期的戏剧新秀，从本丛书所选的 23 部较有代表性的剧作看，俄罗斯当今的戏剧艺术依然首先是俄国和苏联时期深厚戏剧艺术传统的传承，我们可以看到心理现实主义、新感伤主义、新自然主义、后现代主义等艺术潮流的不同影响和体现，也能感知到戏剧家们在新的社会历史时期对艺术的不同诉求和努力探索。从关注人特别是小人物的复杂情感到丰富的精神世界，到过去作品中很少表现的"低级"、负面现象，如生育、流产等生理现象，或军队和监狱生活等暴力现象，到以罪犯、妓女和乞丐等社会底层人物为主人公的黑暗生活悲剧，剧作家们既难以脱离戏剧艺术的道德使命和人文关怀，也没有放弃对戏剧人物、戏剧冲突和戏剧语言等艺术形式方面基于传统的创新。所以，科利亚达、西戈列夫等这种时代感很强的作家现在都声称自己是契诃夫、果戈理、万比洛夫和罗佐夫的"学生"和"继承者"，不断告诫自己"不要忘记契诃夫和莎士比亚"，认为自己专注于描写那些被侮辱与被损害的人是因为自己的创作"来自果戈理的《外套》"。面对千姿百态、精彩纷呈的戏剧现状，虽然有批评家认为当代戏剧创作，尤其是较为普遍的实验性创作过于强调对观众的"休克疗法"，容易走向极端，或过于重视对俄罗斯社会阴暗面的揭露，有迎合西方国家否定俄罗斯政治文化现状之嫌，但是，21 世纪初俄罗斯剧作家是如何在继承俄罗斯优秀戏剧传统与展现时代与个性风格间求得平衡与寻求出路，我们大可从这 23 部剧作中窥其一斑。

感谢国家新闻出版署和俄罗斯出版与大众传媒署发起的"中俄文学互译出版项目"，感谢中国文字著作权协会和俄罗斯翻译学院的组织工作，使得这套厚重的、饱含着中国老中青三代译者辛苦努力的《俄罗斯当代戏剧集》得以面世。希望这些作品能够把最新的俄罗斯剧坛讯息带到中国的读者和观众面前，在中俄戏剧交流史上贡献一份微薄之力。

由于内容的庞杂和戏剧语言的复杂性，译文中一定有不少谬误和欠妥之处，敬请读者们批评指正！

苏玲

2018 年 7 月

（苏玲，编审，中国社会科学院外国文学研究所《外国文学动态研究》主编，中国外国文学学会俄罗斯分会理事。曾发表《二十世纪俄罗斯戏剧概论》《大师与玛格丽特》等著译成果。）

# 目　录

# 里科图岛

娜塔莉娅·莫西娜　著

邱　鑫　译

**作者简介**

　　娜塔莉娅·亚历山大洛芙娜·莫西娜（Наталия Александровна Мошина，1975—　），俄罗斯天才的年轻剧作家。出生于乌法。在各种竞赛或戏剧节上屡屡获奖，是自21世纪开始以来的俄罗斯"新戏剧"浪潮的代表作家，其重要的主张就是当代戏剧应该用当代语言跟观众对话。重要作品有《三角》《密闭空间的呼吸器》《子弹》《天空下》《扎拉》等。

**译者简介**

　　邱鑫，四川大学外国语学院俄文系讲师、系主任。代表作有《希腊神话》（合译）、《俄罗斯汉学的基本方向及其问题》（合译）。

# 人　物

伊戈尔·沃耶沃金——30岁左右。

安东诺夫——60岁左右。

斯捷潘诺娃——50岁左右。

季莫费耶夫——70岁左右。

阿尼亚——25—27岁。

谢列兹涅娃——40岁左右。

男女数名，里科图的居民——无台词。


故事发生在远东地区——大地终极，至远之地。

# 1

木屋中的一个房间，在俄罗斯北方和远东地区这种木屋被称为"活动小屋"。发黑的四壁，简陋的陈设：左面墙角里有一张铺好的钢丝床，床边放着一只小凳，凳上搁着盏煤油灯，电暖气就在不远处。一张铺着旧桌布的桌子摆在正前方，几只凳子散落在桌旁。再往里一点儿是一扇通向门厅的门，就这么靠一个合页悬着，边上又是一只凳子，上面放着一个小炉盘。右边墙上钉着好几个挂衣服的钉子，旁边是通往另一个房间的门。一只灯泡吊在天花板上，没有灯罩。

伊戈尔穿着毛衣、牛仔裤和类似军靴的厚底皮鞋坐在床上。

**伊戈尔** （在背包里掏摸）这儿的天空真是近在咫尺……（停顿）近在咫尺……挺夸张的，是不是？嗯，还可以这样：里科图岛最初就是地平线上的一个小点……嗯，我们去哪儿啊？去里科图岛……啊哈，找到它了！（从背包里拿出数字录音机）往哪儿躲呢，小东西？嗯，从哪儿开始呢，从近在咫尺的天空，还是从里科图岛？（站起身，在房间里踱步，不时地望向那扇微开的，通向另一个房间的门）尽是些没用的！（走向床边，坐下，从背包夹袋里取出手机，看着手机）哎，就这样吧，抓住点儿什么就写什么，最好能给我点儿惊喜。

　　[门开了，安东诺夫走了进来，他身体强壮，一脸风霜，斯捷潘诺娃跟在他身后。她穿着条帆布裤子，裤腿扎到高筒橡胶靴子里面，上身套着毛衣、棉袄，头上扎着条印花方巾。

**安东诺夫**　来，记者同志，她就是斯捷潘诺娃。在这儿住很久了。

**伊戈尔**　嗯嗯，安东诺夫同志，我正等着她呢！

**安东诺夫**　斯捷潘诺娃，你过来坐。这位是莫斯科来的记者，你给他讲讲你的工作和生活……总之，问什么讲什么吧。行了，我到车间去一趟。（离开）

**伊戈尔**　（关门）谢谢，尤里·谢苗诺维奇。（坐在床上，示意斯捷潘诺娃在凳子上就座）您快请进，坐这儿吧，咱们聊聊。

**斯捷潘诺娃**　（坐下）呃，这个……我是海兽加工员，做这行儿已经六年多了。

**伊戈尔**　噢，请稍微等一下，我还没有把电池放进录音机里。（摆弄录音机）

**斯捷潘诺娃**　（充满质疑地看着数字录音机，口中嗤笑）咋，我们说的话都会录到这根小棍儿里？

**伊戈尔**　不光是我们聊天的内容，这里面还有其他很多人的谈话。

**斯捷潘诺娃**　可是……这里面装了很多小磁带，是不是？

**伊戈尔**　不是啊，不用装磁带，这是数码的！

**斯捷潘诺娃**　什么？

**伊戈尔**　嗯……还挺复杂的。我自己也没搞清楚究竟是怎么回事儿。

〔斯捷潘诺娃斜眼看他。

行了，可以开始了。来吧。

**斯捷潘诺娃**　嗯，这个……我是海兽加工员，我做这行儿已经六年多了。

**伊戈尔**　不，不，咱们从头开始。您是怎么到这儿的，是不是很久以前就来了之类的。或者，您是在这儿出生的？

**斯捷潘诺娃**　什么啊，还没人是在这儿出生的呢，都是外来户。

**伊戈尔**　那大家都是什么时候来的呢？

**斯捷潘诺娃**　什么时候？十来年之前吧，嗯，应该是。

**伊戈尔**　这么荒僻的地方是怎么吸引到您的，您为什么决定在这儿定居呢？

**斯捷潘诺娃**　吸引？我可不是被吸引来的。是我的丈夫，科尔卡，他已经死了。有一天他回家，手里拿着些单子，说，孩子他妈，咱们去里科图岛吧，赚大钱去。

**伊戈尔**　然后您就像十二月党人忠贞的妻子……

**斯捷潘诺娃**　啥？

**伊戈尔**　我说，然后您就跟着丈夫来了。

**斯捷潘诺娃**　我还能去哪儿？我家科尔卡吧，人有点儿怪。你知道那些和他一起在院子里玩儿牌的老爷们儿都怎么叫他吗？皮诺切特！鼻子被打断了三次，搞成了这个样子。他晚上睡觉还打呼噜，能把邻居吵得直捶墙。稍微有点儿不顺心的事儿，吹声口哨就能上去动手。

**伊戈尔**　他打过您吗？

**斯捷潘诺娃**　怎么说呢……家常便饭吧。

**伊戈尔**  真同情您。

**斯捷潘诺娃**  为啥？

**伊戈尔**  我搞不懂这种男人。

**斯捷潘诺娃**  嗨，我男人还行，也没啥需要理解的。

**伊戈尔**  他为什么决定到这个岛上来？

**斯捷潘诺娃**  为什么来这儿？他那天在商店买啤酒，碰到了一个熟人，那人也在买东西，不过买的是白兰地。科尔卡对他说，"哟呵，你活得挺滋润嘛"。那人就提到了这些远东岛屿，还讲了他在这里挣了好多钱的事。我家科尔卡，他不只爱打架，还是个屁股上长刺儿的……哎，对不起啊……

**伊戈尔**  没事儿，没事儿。

**斯捷潘诺娃**  这些话不一定能上报纸吧？

**伊戈尔**  别担心，我们之后会处理。

**斯捷潘诺娃**  啊，那行。总之，科尔卡是个坐不住的，还一直想去美国，说想亲眼证实下美国那边是不是和电视上说的一样。我一直嘲笑他，说就他那张丑脸，您别介意啊，只能到厕所去吓唬蟑螂，长得就不像是能去美国的样儿。我原话是这么说的："科尔卡，在边境上他们就能直接把你扭回来，可不能放你出国丢所有人的脸。"可他还是想去。去那儿得要多少钱啊……哦，对，就是这个熟人，骗了他，画了张大饼把他给勾住了。

**伊戈尔**  我懂了……

**斯捷潘诺娃**  科尔卡立刻就去了负责招工的办事处，事情就是这样……

**伊戈尔** 在城市里生活久了之后，会不会不太习惯这种荒无人烟的地方？

**斯捷潘诺娃** 哎哟，你这话说的，岂止是不习惯，我吓得哭了一个月呢。

**伊戈尔** 您为什么这么害怕呢？

**斯捷潘诺娃** 那还用问！风呼呼刮，海水哗哗淌，认识的不认识的都在乱响，这屋子也咯吱咯吱的……白天你一出门，满眼全是水，天都要塌了，全是灰的，天哪！过了很久我才习惯。

**伊戈尔** 那习惯之后，或许，您已经爱上这个地方了？

**斯捷潘诺娃** 哎，那我还能去哪儿呢？

**伊戈尔** 也是，有道理。

**斯捷潘诺娃** 其实还好，过日子呗……

**伊戈尔** 这儿的居住条件怎么样？买东西什么的还方便吧？

**斯捷潘诺娃** 什么？居住条件啊……举个例子吧（用手比画着），房子一般，可比不了那些个豪宅。

**伊戈尔** 这套房子没人住？

**斯捷潘诺娃** 差不多吧。之前奥布拉佐夫住这儿……死了。

**伊戈尔** 淹死的？

**斯捷潘诺娃** 不是，他自己造的孽，在旁边那个岛上和哥们儿喝多了，他本来就还没太适应这儿，而且……其实我们这儿很少有人喝酒。总之，死得很突然，房子就这么空着了。

**伊戈尔** 懂了，真可惜。这儿的商店里都有什么呢？

**斯捷潘诺娃** 这个嘛……我们这儿什么都有，就是没有商店。一艘类似售货汽车的小汽艇每个月会来一趟，它每次来我们都会买上一堆。

**伊戈尔**　那如果什么东西突然用完了怎么办?

**斯捷潘诺娃**　怎么会,不可能的。米在那儿,通心粉搁在那儿,
上个月就备足了。

　　[门微微打开,一位发鬓斑白的老人往房间里看了进来,
他头戴一顶老式大檐帽,肩上扛着一把枪,目光阴沉地盯着
伊戈尔。

**伊戈尔**　呃……上午好。

**斯捷潘诺娃**　(转过身)喂,你怎么了,季莫费耶夫?

　　[老人沉默着。

　　来吧,快过来,吹吹海风。我俩聊天呢。

**季莫费耶夫**　(声音沙哑)这谁啊?

**斯捷潘诺娃**　记者,莫斯科来的,快点儿来啊。(招手)

　　季莫费耶夫依旧阴沉地盯着伊戈尔。

**伊戈尔**　我叫伊戈尔·沃耶沃金。斯坦尼斯拉沃维奇。

**季莫费耶夫**　嗯哼。

**伊戈尔**　呃……我可以把证件……

**季莫费耶夫**　拿来看看。

**斯捷潘诺娃**　哎呀,老兄,你找碴儿呢!

**伊戈尔**　(在背包里翻找,拿出身份证明,递给季莫费耶夫)给。

**斯捷潘诺娃**　哎,您别搭理他!这个季莫费耶夫,我的天!

**伊戈尔**　没事儿,不过为什么……

　　[季莫费耶夫不紧不慢地走进屋,拿起伊戈尔的证件,凑
到眼前,然后再移得稍微远一点,打开,研究着。

（打起精神）怎么样，没问题吧？

［季莫费耶夫沉默地看着他，归还了证件，朝门走去。

**斯捷潘诺娃**　走吧，走吧。跟你说了这是记者，戒心还这么重。

**伊戈尔**　（坐下）这人有意思。

［季莫费耶夫离开。

有个性！

**斯捷潘诺娃**　嗬，"个性"……这是季莫费耶夫！隔壁岛上以前有
个雷达站，用来监视美国飞机，不让它们飞去不该去的地方。
站上嘛，当然都是些当兵的。闲杂人等一个也没有，就一个
雷达站和一群士兵。后来，后来这些都被裁掉了，当兵的走
了，雷达站还保留了一段时间。唔，季莫费耶夫在那儿当看
守。可就这么个荒岛，谁会去那偷东西。再后来，连雷达站
都被裁了，我是说它被拆了，所有的东西都打包运走。就从
那个时候起，季莫费耶夫的脑子就出了点儿问题。我们都挺
可怜他的，你想想，一个人在荒岛上待了一年呢。当兵的过
来拆除雷达站的时候，他惊得差点向他们开枪呢。一个孤零
零的疯老头，不正常！

**伊戈尔**　是啊，现在他都随身背着枪。

**斯捷潘诺娃**　嗯，后来他被调到里科图，穿衣打扮都没变，一直
就是这副看守人的模样。

**伊戈尔**　他眼神就和 X 光一样！

**斯捷潘诺娃**　对，他这人就这样……其实还好，不讨厌。

**伊戈尔**　嗯，好吧。我们刚才聊到哪儿了？

**斯捷潘诺娃**　您刚刚好像在问食物的事儿。

**伊戈尔**　什么？啊，是的。现在咱们聊聊您的工作吧。

**斯捷潘诺娃**　嗯，我做海兽加工员已经快七年了……

**伊戈尔**　这个"海兽"具体指的是什么？

**斯捷潘诺娃**　我们这儿有海豹。大伙儿说的"海兽"就是海豹。

**伊戈尔**　嘀，那您是怎么加工海豹的呢？

**斯捷潘诺娃**　怎么加工啊？老爷们儿先把它的皮剥掉，剩下的部分砍成块儿，然后就该我了。先得把这些东西用刷子都刷一遍，把肉、肝、脂油还有皮都泡好。抹盐，放进桶里，然后再撒满盐。啊，我是说把肉和脂油都放桶里，把皮放浴缸里腌制。喏，看我的手，都成什么样了？

**伊戈尔**　这……有些发红……

**斯捷潘诺娃**　啊哈！"有些发红"，你去折腾七年盐，咱们再看你的手会如何"有些发红"。戴手套根本没用！还"发红"，这都番茄色了都！

**伊戈尔**　呃，差不多是啊……

**斯捷潘诺娃**　然后，我在压力机上压制那些兽皮，处理生脂、油渣、浮渣……

**伊戈尔**　噢，噢，抱歉，请稍等一下，这些都取自什么动物来着？

**斯捷潘诺娃**　没别的动物了啊，就海豹，从它身上提炼的油渣，还有……

**伊戈尔**　明白了，明白了，这都是些什么？是它身体的一部分，还是？

**斯捷潘诺娃**　啊，什么身体？我说了是海豹啊。

**伊戈尔**　嗯，我指的也是……海豹的身体，我说的是这个。

**斯捷潘诺娃**　水草弄死了我家科尔卡后，我们从水里找到了他的身体。可我现在说的是海豹，它那截叫躯干！

**伊戈尔**　行，没问题。海豹躯干的一部分。

**斯捷潘诺娃**　嗯哼，"身体"，就是尸体，对吧！（捂着有龅齿的嘴，哈哈大笑）

　　〔伊戈尔露出微笑，并没有十分高兴。

　　（笑完之后，用手指揉着眼睛，摇着头——瞧这记者说的都是什么啊）生脂、油渣，还有浮渣这些都是海豹的油脂。只不过生脂是它还没熟的时候。这东西闻起来，小伙儿，可不像法国香水。得下锅煮，才能去掉这种难闻的气味。从生脂里可以炼出脂油，剩下油渣，油渣是废料不能吃。浮渣也差不多，都是热加工后剩下的东西。这些玩意儿非常多，因为海豹身上的油脂也很多！

**伊戈尔**　那么，照我的理解，这应该是一份很繁重的工作吧？

**斯捷潘诺娃**　没什么，工作嘛。我和科尔卡刚来的时候我还加工过鱼类，好像活儿更累。当然也有可能是我当时还没习惯……

**伊戈尔**　您当时都做了些什么？

**斯捷潘诺娃**　做了什么？主要就是洗鱼、刮鱼鳞来着，全手工。大清早就拿着刮刀弄，要刮一整天呢。还得用塑料刷子刷，得确保鱼身上不留鳞片，没有血迹和其他脏东西……

**伊戈尔**　是啊，您是不是已经不想再看到鱼了？

**斯捷潘诺娃**　哎哟！那我们在这儿吃什么，喝西北风吗？小伙子，我们得吃鱼啊。给你做一顿你就知道了，包你喜欢！

**伊戈尔**　谢谢。

**斯捷潘诺娃**　海豹，对，你吃过海豹吗？

**伊戈尔**　没有。

**斯捷潘诺娃**　哎呀，看看你！很好吃的！我做给你吃。

**伊戈尔**　这，您看，我可能，不会……

**斯捷潘诺娃**　为啥？

**伊戈尔**　呃……不知道。就……呃，我不知道。我在电视上看到过小海豹，它们白白的、毛茸茸的，眼睛……

**斯捷潘诺娃**　啥样的眼睛？

**伊戈尔**　他们的眼睛……黑，还人。

**斯捷潘诺娃**　（后仰）你是认真的，不会吧？

**伊戈尔**　我女朋友还在为"绿色和平组织"捐款呢。

**斯捷潘诺娃**　什么？

**伊戈尔**　"绿色和平组织"，一个保护动物和大自然的组织。

**斯捷潘诺娃**　哟！我们怎么了？"保护"……难道我们在偷猎？规定说可以抓多少海豹我们就抓多少。

**伊戈尔**　呃，反正……

**斯捷潘诺娃**　不好意思啊，牛啊猪啊在我们这儿养不活。总不能全吃罐装肉吧。

**伊戈尔**　啊，那如果让您吃狗肉呢？

**斯捷潘诺娃**　啥？

**伊戈尔**　您不会吃狗肉的，对吧？

**斯捷潘诺娃**　如果实在没办法的话，我会吃。你还有什么要问的，快问，我还得干活儿呢。

〔门开了，阿尼亚——一个瘦小的脸上没有血色的姑娘——侧身走进房间。她手里拿着一把金属茶壶和一个托盘，托盘上摆着金属杯、两个叠在一起的小碟，一包茶叶还有一个小塑料袋——里面似乎装着硬糖。勺子和叉子在小碟里叮当作响。

哟，我们的小主人、小魔术师来了，嗒，多可爱的姑娘！

〔急忙走向女孩，接过托盘和茶壶，把它们放到桌上。

**阿尼亚**　安东诺夫说了，要好好招待客人。（对伊戈尔说）您好。

**伊戈尔**　您好。（起身，走向她）啊哈，这儿可真是什么都有啊。谢谢，我叫伊戈尔。

**斯捷潘诺娃**　这是阿尼亚，小小海产员，小美女！

**伊戈尔**　小小海产员？

**阿尼亚**　海产养殖员。萨沙大婶，你能去接点儿水来吗？

**斯捷潘诺娃**　啊，马上，马上！茶一会儿就好！你把炉子打开先烧着！（拎起放在门边的两个桶，走出门去）

**伊戈尔**　海产养殖员是干什么的？

**阿尼亚**　（打开炉子）专门搞海产品养殖的人啊。其实我是研究海藻的，只不过萨沙大婶记不住这个词，总是记成海产学还是什么的。

**伊戈尔**　呃，跟我想的差不多，和海洋动物有关？

**阿尼亚**　是研究水草的学科。

**伊戈尔**　挺神奇啊。

**阿尼亚**　您会在我们这儿待很长时间吗？

伊戈尔　两天，后天有船来接我回去。

阿尼亚　时间太短了……

伊戈尔　是吗，倒是够我写篇特写。

阿尼亚　这个特写包括什么啊？

伊戈尔　唔，我们打算在报纸上刊登一系列以"俄罗斯边疆"为主题的文章……

阿尼亚　什么的边疆？

伊戈尔　俄罗斯。

阿尼亚　啊，这样啊……

伊戈尔　我们将介绍和描述各个遥远的地区，包括你们的里科图岛。

阿尼亚　我们这儿很不错。

伊戈尔　嗯，可能吧。不过我觉得它比莫斯科荒凉得多。

阿尼亚　和哪儿比？

伊戈尔　莫斯科，我来的地方。

阿尼亚　噢，噢……

　　　　〔斯捷潘诺娃提着装满水的桶走进来，把桶放在门边。

斯捷潘诺娃　水来了，我马上泡茶。

阿尼亚　谢谢，萨沙大婶。

斯捷潘诺娃　你俩在一块儿看着挺好啊。年轻、漂亮，真不错！

阿尼亚　萨沙大婶……

斯捷潘诺娃　我就那么一说，没别的意思。阿尼亚，我得走了，还有一堆活儿呢！我刚才的话没过脑子，你俩在一块儿看着是挺好的。记者，你如果还有什么想问的，晚上再问。我给你做顿鱼吃，阿尼亚晚上拿点儿咸菜过来吧，行不行，阿尼亚？

**阿尼亚** 当然可以啊。

**斯捷潘诺娃** 她做的咸菜，味道棒极了！

**伊戈尔** 谢谢。

**斯捷潘诺娃** 不客气，再见。（离开）

**阿尼亚** 您别介意啊，她只是太关心我了。

**伊戈尔** 嗯，没事儿，我不介意……

**阿尼亚** 麻烦您给茶壶倒上水，那边有炉子，您自己烧一下吧。快傍晚了，咱们一起吃个晚饭。

**伊戈尔** 我出去逛逛，"咔嚓"几下。

**阿尼亚** 什么？

**伊戈尔** 啊，拍点儿照片。

**阿尼亚** 哦，行啊。我们这儿很漂亮，不过别靠水太近。

**伊戈尔** 怎么了？有鲨鱼？鳄鱼？

**阿尼亚** （没有回应这句玩笑）没有。只是发生了很多不幸的事情……各种各样的。（离开）

**伊戈尔** （疑惑地看着关上的门，然后拿起茶壶，装满水，放在炉子上）好，我们会离水远点儿……太近的地方我们也不会去啊……我们为什么要去水边？我们不去……

# 2

同一个房间。桌旁坐着伊戈尔、斯捷潘诺娃、阿尼亚、安东诺夫和谢列兹涅娃——一个打扮年轻、动作麻利的女人。为了见客，谢列兹涅娃穿着一件带有图案鲜艳的克林普纶短衫，同其他人的打扮和衣着相比，她这一身显得很光鲜，有种鹤立鸡群的感觉。

桌子上放着很多小盘子、小酒盅和水杯，一把酿烧酒用的长颈玻璃瓶高耸在其中。桌上的酒菜都只用了一点儿——毕竟不久前才开席。

**谢列兹涅娃** （对伊戈尔说）不行，您不管咋的都要给我讲讲，莫斯科到底啥样啊？都有些啥特别的？

**斯捷潘诺娃** 行了，干吗总缠着人不放？让人家吃点儿东西，你自己也吃。

**谢列兹涅娃** 我你就别管了，又不是小孩儿。（对伊戈尔说）莫斯科到底是啥样啊？

**伊戈尔** （笑，情绪高涨，认为自己是这场聚会的绝对主角）"莫斯科啥样"？莫斯科是我们祖国的首都，英雄城市。有克里姆林宫、红场、阿尔巴特大街、地铁，应有尽有。

**谢列兹涅娃** 大城市？

**伊戈尔** 对啊。

**安东诺夫** （没特别感兴趣，嘴里吮吸着一小块鱼骨头）大吗？

**伊戈尔** 嚯，岂止是大，巨大！

**斯捷潘诺娃** 安东诺夫，倒酒。

　　　　［安东诺夫倒酒。

**阿尼亚** （对伊戈尔说）尝尝这个。

**伊戈尔** 这是什么啊？

**斯捷潘诺娃** 哎呀，快尝尝，尝尝！这是阿尼亚做的咸菜！最好
　　的下酒菜！

**伊戈尔** （用叉子从盘里轻轻叉起一条浅红褐色的东西）这又是
　　什么？

**阿尼亚** 紫菜，红藻的一种。

**谢列兹涅娃** （哈哈大笑）抱歉啊，我们这儿可没有黄瓜和西
　　红柿！

　　　　［伊戈尔闻了闻咸菜。

**斯捷潘诺娃** 快吃啊，我的老天爷！没有毒！（叉起一大堆紫菜
　　送到嘴里，咀嚼着，眼睛因为愉悦而眯了起来）

　　　　［伊戈尔模仿着她的样子，小心地嚼着，细细品味，渐渐
　　地放开了，赞许地点头——真想不到，这么可口！其他人看
　　着他，满意地露出微笑，相互交换眼神。

**伊戈尔** （咽下去）我觉得，这种东西！各位，这才是真正的好
　　东西！

**阿尼亚** 谢谢您能这么说。

**斯捷潘诺娃** 那我们可不能随便什么都让你吃啊。我们这儿几百
　　年都没来过客人了，更何况还是……呃，啥地方来着？

**安东诺夫** 莫斯科。

**斯捷潘诺娃**　啊对。快吃，快吃啊，多表扬几句。我们阿尼亚可是个持家的好手，好姑娘！

**阿尼亚**　萨沙大婶……

**伊戈尔**　我吃！我正在吃。我会使劲夸的，您别着急。

**谢列兹涅娃**　啊哈，好样的！

**安东诺夫**　（拿起杯子）那么，既然客人喜欢我们准备的东西，为此我们干一杯吧。姑娘们，谢谢你们。

　　　　[斯捷潘诺娃、阿尼亚和谢列兹涅娃面带满足的微笑相互交换眼神。所有人碰杯，干杯。伊戈尔从离他最近的盘子里叉起一块东西，吃到嘴里，再一次赞许地点头。

**斯捷潘诺娃**　啊？这？他不是说他不想吃！

**伊戈尔**　这，这是什么东西？

**阿尼亚**　海带，一种昆布类植物。

**伊戈尔**　嗨！别管我之前说的！

**阿尼亚**　好吧。

**伊戈尔**　您把那么恶心的东西做这么好吃？

**阿尼亚**　怎么会恶心呢？藻类需要更多的呵护而已，得带着爱心去培育和烹饪它们。

**谢列兹涅娃**　就是，记者，您可别骂它恶心，我们会不高兴的。

**伊戈尔**　别啊，对不起，我不是这个意思……我上大学的时候吃过海带，可那玩意儿和这根本没法比！

**斯捷潘诺娃**　也不看看是谁做的，这可是我们阿尼亚做的！

**谢列兹涅娃**　您快说说，在这个莫斯科，大家一般都吃啥？

**伊戈尔**　啊哈，我们那儿什么都吃！日式和中式餐厅里面也做各式各样的海藻。只不过我从来不吃，读大学那一次弄得我彻底没了吃海带的愿望。

**谢列兹涅娃** 那您的妻子平时都做什么吃？

**伊戈尔** 啊？哦，做肉饼，各种汤，鸡肉……什么都做。

**谢列兹涅娃** 您结婚很久了？

**伊戈尔** 没有没有，我和娜斯佳还没结婚呢，只是住在一起。

**谢列兹涅娃** 啊，为什么不结婚？她哪儿不好啊？

**阿尼亚** 柳达，你打住。

**斯捷潘诺娃** 记者，您别听柳达的，她这人就这样，叽叽喳喳的，不过人是好人，也没别的意思。

**谢列兹涅娃** 啥，难道我说的不是实话？我这些话可是发自内心的！这么年轻有为，又没结婚！简直就是钻石王老五！（哈哈大笑）

〔伊戈尔开始笑，其他人也跟着笑。门打开，季莫费耶夫走进来。

**季莫费耶夫** （粗声粗气地）笑什么？！

〔伊戈尔敛起笑意，其他人并不在意。

**安东诺夫** 米哈伊尔·塔拉斯伊奇，过来坐。

**季莫费耶夫** （走到桌边）我刚走了一圈，所有人都睡了，就你们还吵吵嚷嚷的。

**安东诺夫** 快坐快坐，别叨叨了。

〔季莫费耶夫把枪从肩上取下来立在桌旁，坐下。

**斯捷潘诺娃** 怎么回事啊，这人居然把枪放桌边！快拿开！

〔季莫费耶夫看了看斯捷潘诺娃，又把目光转向伊戈尔，然后站起来把枪放到墙角的柜子旁。走回来坐下。安东诺夫推给他一个杯子，倒上水，又给其他人倒上水。季莫费耶夫皱着眉头看着伊戈尔。

（注意到他的目光，对伊戈尔说）别紧张，他那都是装的。

（对季莫费耶夫说）喂，你干吗那么盯着客人看，像个章鱼似的。证件也给你看了，还想干吗？该吃吃该喝喝，别那么神经兮兮的！

［季莫费耶夫哼了一声，慢慢拿起杯子，一个人喝了起来。

**谢列兹涅娃** （笑了起来）你看这人！也没个祝酒词！

**斯捷潘诺娃** 说不定他已经悄悄说了什么秘密的东西呢！

［所有人都笑了起来，除了季莫费耶夫。

**季莫费耶夫** （吃了一口菜）笑吧笑吧，遇到个事儿就笑。

**谢列兹涅娃** （唱）

　　　　啊，我曾经如此年轻——

　　　　总是无忧无虑！

　　　　直到未婚生子——

　　　　这才流下眼泪！

　　　　呀！（笑）

**斯捷潘诺娃** 别胡扯了——她生……

**谢列兹涅娃** 所以才这么开心！（哈哈大笑）

**安东诺夫** （给季莫费耶夫倒上酒，举起自己的杯子）来，咱们喝一杯，愿海中鱼能永恒。

**斯捷潘诺娃** 鱼能上哪儿去……

　　[所有人一起碰杯，喝酒，吃东西。

**伊戈尔** （用手指着阿尼亚，吓唬她）我发现了，研究藻类的女士，您杯里的酒可是一点儿也没少啊。

**阿尼亚** 我这……就是意思意思，喝不了太多。

**伊戈尔** 大家都喝不了太多。不过还是得喝！快，阿尼亚，干杯！干杯！干杯！

**斯捷潘诺娃** （粗声粗气地）您干吗缠着她不放？都说了她不能喝太多。

**谢列兹涅娃** （尽力打着圆场）伊戈尔，您还是多给我们讲讲莫斯科吧。

**季莫费耶夫** 莫斯科？什么莫斯科？

**安东诺夫** 他说的，首都。

**伊戈尔** 我也不知道说什么？还是你们来提问吧。

**季莫费耶夫** 根本就不存在什么莫斯科，有啥好问的？

**伊戈尔** 什么意思？

**安东诺夫** 你别这么冲，米哈伊尔·塔拉斯伊奇，好好说话。

**季莫费耶夫** 啊哈，别这么冲？有本事让他把海藻扔我一脸啊！还"莫斯科"！

**伊戈尔** 怎么可能？……我，我可以把我的护照给你们看！

**斯捷潘诺娃** 什么？

**伊戈尔** 护照，登记了地址的。莫斯科，什比洛夫斯基街……上面都写着呢。

**安东诺夫** 哼，汽艇上还写着"导弹"呢，可它依然只是汽艇。

**伊戈尔**　尤里·谢苗诺维奇，怎么，您也不相信我是莫斯科来的？

**阿尼亚**　不，我们相信……

**斯捷潘诺娃**　只不过没有莫斯科而已。

　　　　　〔伊戈尔惊讶地眨着眼睛。

**谢列兹涅娃**　您干什么呢？我们就想听一下，笑几声！

**安东诺夫**　你无非就是想作弄人而已。

**伊戈尔**　怎么回事，在边区就是这么开玩笑的？

**斯捷潘诺娃**　小伙子，你别生气，我们平时都这样。

**伊戈尔**　啊哈，只是个玩笑？

**季莫费耶夫**　是个玩笑啊，用你那莫斯科随意开一个嘛。

**伊戈尔**　行吧，你们就作弄我呗。行，我不是莫斯科来的，因为根本就没有这个城市。好吧。有意思。

**安东诺夫**　为这干一杯吧。（给大家倒上酒）

**阿尼亚**　（对伊戈尔说）您还没尝过这个呢。

**伊戈尔**　也是海藻？

**阿尼亚**　嗯，海藻。

**伊戈尔**　你们这儿到底有多少海藻……

**斯捷潘诺娃**　都很好吃！

**伊戈尔**　是啊，毫无疑问。

**安东诺夫**　（举起酒杯）来，为客人干一杯。咱这儿可是很少有客人来。

**谢列兹涅娃**　而且他还这么可爱！

**伊戈尔**　谢谢大家。

［大家碰杯，干杯。

**斯捷潘诺娃**　再吃点儿鱼。

**伊戈尔**　谢谢。

**安东诺夫**　你们这些娘儿们，也不做点儿肉菜？这一桌都啥玩意儿啊。

**斯捷潘诺娃**　嗬！"啥玩意儿"！最好桌上一直都只有这些！客人嫌弃我们做的肉啊！

**安东诺夫**　怎么回事儿？

**伊戈尔**　我？我没有……

**斯捷潘诺娃**　人说了，海豹的眼睛。

**安东诺夫**　咋了？

**伊戈尔**　啊，如果您指的是海豹肉，那我……我不想吃，谢谢。

**谢列兹涅娃**　为啥？海豹肉也是肉啊。

**斯捷潘诺娃**　人说了，这肉和狗肉差不多。

**伊戈尔**　不！您理解错了！我……我只是吃不下去而已。

**安东诺夫**　哦哦，您只是不习惯而已，慢慢就好了。

**伊戈尔**　（笑着说）恐怕来不及去习惯了。

**阿尼亚**　他后天就坐汽艇走了。

**安东诺夫**　哪艘？

**伊戈尔**　送我来的那艘。

**安东诺夫**　"导弹"号？

**伊戈尔**　嗯哼。

**安东诺夫**　这么说，您很快就要离开我们了。

**伊戈尔**　两天时间可以收集一大堆材料，我今天还拍了些特别好的照片。

**季莫费耶夫**　他准备去哪儿？

**谢列兹涅娃**　当然是莫斯科啰！（笑了起来，大家也都笑了）

**伊戈尔**　（勉强微笑）嗯，是啊……

〔大家笑得更大声了。

**谢列兹涅娃**　哎哟，我都要笑傻了！

**伊戈尔**　不是，怎么了这是？

**阿尼亚**　好了好了，别笑了。够了。

〔笑声渐渐停止。

请原谅我们，伊戈尔。

**伊戈尔**　没事儿，我只是没搞懂……

**安东诺夫**　行了，伙计们，抽根儿烟去。（站起来）

**斯捷潘诺娃**　去吧去吧，吹吹风有好处。

〔安东诺夫走出门去，伊戈尔和季莫费耶夫紧随其后。

〔阿尼亚默默拉住斯捷潘诺娃和谢列兹涅娃的手，她们手拉手，闭上眼，低下头，一动不动。灯光越来越暗，最后完全熄灭，屋角出现了一点淡淡的蓝光，影影绰绰，很像在水下飘摇的海藻。

**阿尼亚**　啊，伟大的海洋母亲……

**斯捷潘诺娃，谢列兹涅娃**　（同声说）赐予生命和食物的海洋母亲……

**阿尼亚**　我们祈求你……

**斯捷潘诺娃，谢列兹涅娃**　（同声说）你给予我们……

**阿尼亚**　感谢你的赐予……

**斯捷潘诺娃，谢列兹涅娃** （同声说）感谢你所有的恩赐……

**阿尼亚** 新生命会到来……

**斯捷潘诺娃，谢列兹涅娃** （同声说）永恒会来临……

**阿尼亚** 我们将永远……

**斯捷潘诺娃，谢列兹涅娃** （同声说）感谢你的仁慈……

**阿尼亚** 请赐予这片土地新的生命……

**斯捷潘诺娃，谢列兹涅娃** （同声说）请你……

**阿尼亚** 请收下祭品……

**斯捷潘诺娃，谢列兹涅娃** （同声说）把你的恩赐留给我们……

**阿尼亚** 啊，伟大的海藻母亲！

**斯捷潘诺娃，谢列兹涅娃** （同声说）请不要抛弃自己的女儿。

　　　　〔停顿。灯光闪动，逐渐点亮，角落的阴影消散。女人们松开手，深深呼吸，抬起头，互相交换眼神。

**斯捷潘诺娃** 她听到我们祈祷了吗？

**阿尼亚** 她一直都能听到。

**谢列兹涅娃** 我能感觉到她的存在。

**阿尼亚** 她与我们同在。

　　　　〔男人们走了进来，坐下。

**安东诺夫** 女人们，起风暴了。

　　　　〔女人们交换了一下眼神，阿尼亚点了点头。

**斯捷潘诺娃** 这运气！

**谢列兹涅娃** 应该给我们远道而来的帅哥再拿床被子。可别冻坏了！（笑了起来）

**伊戈尔** 这儿已经有一床厚的了。

**谢列兹涅娃**　行，您自己看吧。拿被子是我们的事儿，用不用在您自个儿。

**安东诺夫**　他刚在外面还好奇，问我们没有电视怎么活得下去呢。

（给大家倒酒）

**斯捷潘诺娃**　嗬！我们要电视干什么？

**伊戈尔**　这个……新闻啊……看看电影啊，音乐会什么的。

**谢列兹涅娃**　哎哟，我们这儿哪儿需要什么音乐会？我现在就能唱——不需要什么音乐会！（唱歌）

> 当我开始唱歌——
>
> 男人们都神魂颠倒！
>
> 升始搂搂抱抱，
>
> 就是不提婚嫁！
>
> 呦嘿！（哈哈大笑）

（所有人都笑起来）

**斯捷潘诺娃**　妈呀，拉倒吧，抱你……你就编吧！

**谢列兹涅娃**　我这不就为了逗乐嘛！（笑）

**伊戈尔**　里科图岛上住着多少人啊？

**安东诺夫**　不多。除了我们之外还有十个人。如果捕到的鱼太多，就送去邻近的岛上。他们岛上有大型冷冻加工车间。我们这儿的活儿挺零散，车间很小。

**伊戈尔**　你们假期都去哪儿？

**安东诺夫**　假期？哪儿也不去啊。

**伊戈尔**　啊？成天就待在这儿？

**斯捷潘诺娃**　对啊，不然呢？

**阿尼亚**　我们这儿好地方不少，待着也挺不错啊。

**伊戈尔**　这岛半天就能逛完，总在那些路上走会疯吧！

**阿尼亚**　我们都窝家里，挺好的。

**伊戈尔**　可你们都是从外地来的。难道不想回家乡，不想回去看看亲戚？这儿的气候也是……

**安东诺夫**　什么家乡啊？你在这儿住久了就会忘了它的。

**谢列兹涅娃**　会忘的。

**斯捷潘诺娃**　会忘得一干二净。

**阿尼亚**　这儿就是我们的家乡。

**伊戈尔**　这话大体上是没错。你们在俄罗斯出生，这座小岛是俄罗斯的领土，所以你们把这儿当家乡也没问题。可我说的是你们出生的地方……你们都从哪儿来啊？比如，呃，尤里·谢苗诺维奇，您从哪儿来的？

**安东诺夫**　这个……一个很远的地方。

**伊戈尔**　再具体点儿呢？

**安东诺夫**　我走过太多地方，已经记不清啦。哪儿我都住过。

**伊戈尔**　那到底是哪儿呢？

**安东诺夫**　是啊，哪儿呢……

**季莫费耶夫**　（突然问道）俄罗斯到底是啥？

**伊戈尔**　（无措地笑了起来）什么叫"俄罗斯是啥"？您这是又要开我玩笑了吗？刚刚说莫斯科不存在，现在呢，连俄罗斯都不存在了？

**阿尼亚**　里科图岛还在，这是最重要的。

**伊戈尔**　哎哎哎！先生们！你们都在胡说些什么？（举起酒杯）这

样，大伙儿一起为俄罗斯干一杯。我们可是在这个国家生活呢。

　　　　〔其他人面面相觑。

　　　　我坚持！

**安东诺夫** （拿起酒杯）嗯，客人说了算。

　　　　〔大家碰杯，干杯。伊戈尔一挥手打翻了自己的酒杯。

**谢列兹涅娃** 瞧瞧，急眼了！

**伊戈尔** 同一个笑话讲两遍就不再是笑话了。已经不好笑了。

　　　　〔停顿。

**安东诺夫** 跟你说了，米哈伊尔·塔拉斯伊奇，好好说话。

　　　　〔季吴费耶夫火冒三丈地摆摆手。

**斯捷潘诺娃** 柳达，你快吃点儿东西！

**谢列兹涅娃** 别管我！

**安东诺夫** （从瓶子里倒了些酒）嗯，您说，俄罗斯……您走遍俄罗斯了吗？见过它长什么样吗？

**伊戈尔** 当然走遍了，我可是个记者。

**安东诺夫** 它啥样啊？

**伊戈尔** 什么意思？

**安东诺夫** 它看起来怎么样？

**伊戈尔** 什么"怎么样"？广袤，美丽……北方是西伯利亚，终年积雪。南方……就是南方的样子，很温暖，有海。

**阿尼亚** 还有呢？

**伊戈尔** 还有？俄罗斯就俄罗斯，没别的了啊。

　　　　〔其他人面面相觑。停顿。

**季莫费耶夫**　编，你再接着编！呸！（一个人喝了一杯）

　　[伊戈尔愣愣地看了他一会儿，然后看看其他人，举起自己的酒杯，默默喝酒。

# 3

　　伊戈尔睡着了，忘记熄灭床边小凳上的煤油灯。录音机放在他的胸膛上——他在工作时睡了过去。窗外狂风呼号，海浪奔腾——风暴肆虐。门微微开了个缝，阿尼亚悄悄走进来。脱下雨衣，放在门边的地板上。她看着伊戈尔，静静地站了一会儿，然后走近他，坐在床边。她看着他，目光落在录音机上，把它拿起来，在手上把玩着，按下开关。

**伊戈尔的声音**　这儿的天空真是近在咫尺……

　　[阿尼亚按了下开关。过了一会儿又打开了录音机。

　　里科图岛最初就是地平线上的一个小点……

　　[她又停顿了一会儿。

　　大家总是批评莫斯科人，说他们不了解绕城高速之外的俄罗斯。而我在里科图岛上第一次遇到俄罗斯人不了解莫斯科的情况。更令人吃惊的是，这儿的居民告诉我莫斯科不存在！他们不相信有首都，对俄罗斯整体的认识也十分模糊。这些人生活在俄罗斯最偏远的地区，国家在他们眼中是完全陌生的概念，就好像它是谁杜撰出来的意义。太过疏远，难道这就是他们无视国家存在的原因？或者，这个小岛是个特例，只有这十五个人认为里科图是他们新的、唯一的家乡？

　　[阿尼亚按下开关。一片寂静。她把录音机放在小凳上，握住伊戈尔的手默默坐着。屋角的阴影在淡蓝色的光芒中摇曳，就像海藻一样。

# 4

　　外面狂风阵阵。暴雨已经停歇。窗外天色渐明，伊戈尔还在睡梦中，缩成了一团。阿尼亚做了早饭——沏茶、切面包、开了一罐果酱。突然，金属杯子掉在地上，在地上转着圈，发出巨大的声响。伊戈尔翻了个身，几秒钟后忽然坐了起来。

**伊戈尔**　（半睡半醒地）娜斯佳？

**阿尼亚**　是我，阿尼亚。早上好。

**伊戈尔**　啊……（躺回枕头上）阿尼亚……对，里科图岛……早上好。

**阿尼亚**　起床吧，茶已经煮好了。

**伊戈尔**　您知道吗，我就这么睡过去了……很奇怪……梦见了……很多海里的东西，很不寻常。

**阿尼亚**　和海有关的话，肯定都是好事儿。去洗漱吧，准备吃早饭了。

**伊戈尔**　好，马上。（慢慢起身，穿鞋，从背包里拿出牙刷、牙膏、毛巾，往门口走去，打开门，转身）对了，我这一整晚梦见的

都是海藻。可能是因为昨晚吃太多了吧……（走了出去）

　　　［阿尼亚笑了，哼着小曲，往杯子里倒茶。她走到墙上挂着的小镜子前，整了整头发，扭着脸，左看看右看看。

　　（走回来）这天气！一下子就把人冻得发抖！

**阿尼亚**　风暴嘛……请坐，我倒好茶了。喝点儿暖和暖和吧。

**伊戈尔**　谢了。（坐下来，拿起一大块面包，蘸上果酱，津津有味地吃起来）

　　　［阿尼亚坐在对面，看着伊戈尔，用手托着脑袋。

　　（发现了阿尼亚的目光）怎么了？

　　　［她垂下眼帘，拿起杯子，吹了吹，慢慢喝着茶。

　　这酱是用什么果子做的啊？这么好吃！越橘吗？

　　　［她摇了摇头，笑了。

　　那是用什么做的？

**阿尼亚**　这是各种海藻混在一起做的。

**伊戈尔**　哦，天哪……又是海藻。

**阿尼亚**　不好吃吗？

**伊戈尔**　非常好吃！我也没说什么啊。只是这儿到处都是海藻、海藻……

　　　［门被打开，门口站着安东诺夫。

**安东诺夫**　（气喘吁吁）完了，记者，你的"导弹"号开过来的时候撞到了西岸，摔得粉碎！（跑开）

　　　［几秒钟之后，伊戈尔跟着冲了出去。阿尼亚笑着，喝了口茶。打开的门在风中吱吱作响。斯捷潘诺娃迅速冲进屋子，关上门，坐在小凳上。

**斯捷潘诺娃** 你听说了吗？阿尼亚，听说了吗？

**阿尼亚** （安静地）听说了，安东诺夫刚来过。

**斯捷潘诺娃** 那么就是说，她收走了祭品？没有拒绝？

**阿尼亚** 难道她拒绝过？

**斯捷潘诺娃** 整艘汽艇都撞烂了，上面一个人都没有，可之前每次都有五个人的！

**阿尼亚** 肯定是她。

**斯捷潘诺娃** 她把所有人都收走了。接收了祭品，接收了。（闭上眼睛，两手交叉在胸前，口中念念有词）

**阿尼亚** 祭品很不错，毫无疑问。

**斯捷潘诺娃** 太厉害了，阿尼亚，大好事儿！一切都会有的，一切，就像我们祈祷的那样……

**阿尼亚** 他马上就回来了，你先出去，我要跟他谈谈。你就站在门口，别让其他人来打扰我们。

**斯捷潘诺娃** 哦哦，我去，我去。哦，阿尼亚……

**阿尼亚** 好了好了，别哼哼唧唧的。我说过一切都会好的。

**斯捷潘诺娃** 我只是……我这是太兴奋了。

　　〔头发乱蓬蓬的伊戈尔走了进来，坐下。斯捷潘诺娃悄悄走了出去，关上房门。

**伊戈尔** （失魂落魄）我没明白……安东诺夫说，他不知道我什么时候才走得了。

**阿尼亚** 真的是您要坐的那艘"导弹"号？

**伊戈尔** 是啊……是它。它本来该明天来接我……（机械地抿了口茶）

**阿尼亚** 也许是今天凌晨碰到风暴了。

**伊戈尔** 怎么办啊？

　　〔阿尼亚耸耸肩。

　　你们这儿应该有一艘船啊，快艇什么的……

**阿尼亚** 没有。

**伊戈尔** 即使没有马达，哪怕是用桨划呢……

**阿尼亚** 季莫费耶夫有一艘用桨划的船，可它已经坏了好几个月了……再说，即使有桨您也划不到对岸的。

**伊戈尔** 我到得了，到得了。这船能修好吗？

**阿尼亚** 不知道，不过您肯定到不了对岸。

**伊戈尔** 没关系，我能行。我现在就去找季莫费耶夫修船去。

**阿尼亚** 您还是听我的吧，别去了。您坐汽艇到这儿用了多久？

**伊戈尔** 不清楚……三小时左右？

**阿尼亚** 那您看看。

**伊戈尔** 见鬼……那如果我和别人一起呢？我们可以轮流划船……

**阿尼亚** 您这是去自杀。再待几天吧，等下一辆汽艇来再说。过两天风暴就会停，下周末渔民应该就来了。

**伊戈尔** 您还笑得出来？！我还有工作，我必须回莫斯科！我的飞机票是明天晚上的！从你们这儿到莫斯科加换乘差不多得三天三夜！（猛地站起来，在屋里来回踱步，从背包里取出手机，按下按键）是啊，不可能有信号。妈的！（把手机扔到床上）您……你们这儿总有无线电台吧，总有个什么东西用来通信吧？

　　〔阿尼亚摇摇头。

而且……怎么可能？万一出什么事呢？万一谁的脑袋被开了瓢呢？万一发生什么意外呢？

**阿尼亚** 我们这儿从来没有任何意外。

**伊戈尔** 呃，可你们不能保证它们完全不会发生。一旦发生就完蛋了。

**阿尼亚** 未必吧。况且我念完了医士班，万一发生了什么事，我可以处理。

**伊戈尔** "医士班"！那万一有谁开放性骨折呢？您那医士班上学的东西能有用吗……

**阿尼亚** ……我还有很多海藻做的膏药和药水。

**伊戈尔** 又是海藻！到处都是海藻！简直可以开个水疗中心了，该死！

**阿尼亚** 您还是坐下吧，冷静冷静。

**伊戈尔** 阿尼亚，好姑娘，我还有工作。您明不明白？我出差是有时限的，我得交材料。

**阿尼亚** （坚持）坐下！

　　　　〔她的口气惊到了伊戈尔，他听话坐了下来。

　　我不喜欢别人急得团团转的样子。幻想出各种问题，然后急得像热锅上的蚂蚁。你们人类世界就是一个杜撰出来的大问题，全都是臆造的，完全不真实。再说了，有什么东西威胁到您的性命了？

**伊戈尔** 没有……

**阿尼亚** 那您着什么急？"我还要交材料！"怎么，您不交材料的话谁会要了您的命吗？

**伊戈尔** 不是……但是您不懂……

**阿尼亚** 拉倒吧。我什么都懂。一套一套，全是虚的。

　　　　［伊戈尔正准备张嘴回应。

　　　　（摆手）我知道，我知道！您现在要说，虽然不至于杀了您，可是您会被解雇。解雇就解雇呗，又能怎么样呢？再找个地方啰。您在这儿住上一阵，之后您会吃惊自己居然会为这些小事而惊慌失措的。

**伊戈尔** 不是，等等……我不打算住这儿，我必须走。

**阿尼亚** 您走不了。然后呢？

**伊戈尔** 怎么会这样？就算明天不行，可您自己也说了，早晚会有渔民过来，他们总能带我走吧？

**阿尼亚** 您看看。

**伊戈尔** 看什么？

**阿尼亚** 您已经不那么着急了，对不对？也不会猴急着去划船，能在这儿平心静气地等上一星期了，是不是？

**伊戈尔** 这……实在没办法的话……

**阿尼亚** 的确是没别的法子。

**伊戈尔** 我跟您说，这岛上的热情好客让我有点紧张。

　　　　［停顿。

**阿尼亚** （叹气）好吧……不过也可以从另一个角度看待这一切。您不得不继续留在这儿，正因如此，您可以更好地了解我们的生活，了解里科图岛……然后就能写出一篇很好、很详细的文章。毕竟这儿……是一个非常特殊的世界。里科图是我们所拥有的一切。它是真实存在的，您明白吗？这儿的生活也是……就像您见到的，它和您臆想出来的生活很不一样。您给我们讲过的那个虚构的世界，听起来很滑稽可笑，不过故事终究是故事。您会明白的……只需要过段时间而已。可是这儿，我们的小岛，我们的生活，可能是唯一的真实，是属于我们的真实，我们不需要其他的东西，当然它们也都并不存在。

伊戈尔　阿尼亚，阿尼亚，打住！行了，你们说莫斯科不存在的笑话我已经听过了。这……这我甚至都能理解。无所谓。可你们见过里科图岛之外的生活啊。你们在别的地方出生、学习、成长，你们还有父母……或者曾经有父母。就算这儿的一切你们都很喜欢，就算你们即使放假也不想去别的地方，但你们不能不了解其他地方的生活！因为它曾经属于你们所有人，难道不是吗？

阿尼亚　过去的生活……您今天坐在这儿吃早饭时候，或许回忆起了您女朋友平时准备的早饭，是不是？您想起了过去的生活。或许，您在岛上走着走着，望着大海，心里觉得它跟您曾经在画上看到的一个样。可就在一个美好的早晨，就从那个瞬间开始，我们这儿所有的居民都不再去回忆过去的生活了。从来不。当然，如果努力去想，还是能想起点儿片段的，可我们没必要去回想这些。

伊戈尔　斯捷潘诺娃就想起来了啊，她讲过自己死去的老公的事儿。

阿尼亚　呃，我说过了，如果努力回想的话是可以想起来的。她家科尔卡……是啊……他去世得太突然了。这人不怎么讨人喜欢。

**伊戈尔**　等一下……等等，她当时怎么说的？她好像说什么"海藻卷走了我家科尔卡……"见鬼，这又是什么意思？

**阿尼亚**　他在海里游泳的时候被海藻缠住，淹死了。

**伊戈尔**　真的？

**阿尼亚**　是的，别再聊他了。喝茶吧。

**伊戈尔**　希望这茶不是用海藻做的。

**阿尼亚**　有用海藻做的茶，不过给您泡的是普通茶叶。

**伊戈尔**　真见鬼……（喝茶；停顿）或许您关于积累材料的话是对的，有道理。不过……该死的，娜斯佳在那边会发疯的，您明白吗?! 我没有任何办法通知她我被困在这儿了！编辑部的人会给她打电话，会给我妈打电话！见鬼……（无助）我妈的心脏还不好……

　　　　[ 阿尼亚给他倒茶。

　　　　给我滚远点，该死的里科图……

　　　　[ 一阵狂风吹开了房门，门外站着斯捷潘诺娃、安东诺夫、谢列兹涅娃、季莫费耶夫，还有其他几个男男女女。

**阿尼亚**　大家都进来喝茶吧。

　　　　[ 他们默默进屋，分别坐在小凳和床上。安东诺夫关上门，站在那儿，倚着门框。

**伊戈尔**　你们好……

　　　　[ 没有人应声。

**斯捷潘诺娃**　瞧这风暴……

**谢列兹涅娃**　还得持续几天呢。

**安东诺夫** （温柔地）你们几个可真行……

**季莫费耶夫** 没啥……住着住着就习惯了……

**伊戈尔** 尤里·谢苗诺维奇，阿尼亚说，再过一周会有渔民过来……难道你们真的没有无线电台之类的东西？

　　　　[没人听他说话。

**谢列兹涅娃** 啊，有什么不习惯的？我们这儿多好。

**斯捷潘诺娃** 就是。以后还会有小孩儿出生，哎哟，多可爱啊。没孩子可不行，等我们死了，谁会留在这儿？

**安东诺夫** 会有人留下的，这个岛会继续存在下去。

**阿尼亚** 大家可千万别忘了感谢伟大的母亲。

**季莫费耶夫** 我们不能忘记，也不会忘记这一点。

**斯捷潘诺娃** 哦，真慈悲，哦，太慈悲了！

**伊戈尔** （疑惑地晃晃脑袋）喂，你们！你们在说什么？

**阿尼亚** 伊戈尔，您把茶喝了吧，要不就彻底凉了。咱们也别"您"来"您"去了，就用"你"吧，如何？

## 5

　　还是那个房间，不过完全换了副样子：窗上挂上了印花窗帘，床头柜的门修好了，地板上铺了擦脚垫，舒服多了。桌上摆着刚用过的茶具，伊戈尔的背包挂在墙角的钉子上，床铺得整整齐齐。

**斯捷潘诺娃的声音** 伊戈尔！伊戈尔！

〔一阵沉重的脚步声，门开了。

**斯捷潘诺娃** （看了看屋内）伊戈尔！你跑哪儿去了？

〔阿尼亚从另一个房间走出来。怀中抱着褴褓包着的婴
儿，根据她肚子的情况，估计再过一两个月还会再生一个。

**阿尼亚** 怎么了，你喊什么？

**斯捷潘诺娃** 啊，阿尼亚，你在家啊！我还在这儿喊了半天……
伊戈尔在哪儿？男人们把海豹运回来了，得处理啊！

**阿尼亚** 不知道，他早上出去了……

**斯捷潘诺娃** （对婴儿说）哎哟，瞧这家伙睡得多香……多漂亮……
我的小宝贝儿哟……

**阿尼亚** 你先抱下孩子，我去烧水。

〔斯捷潘诺娃接过孩子，温柔地低声呢喃。

**阿尼亚** （用桶里的水把茶壶倒满，放上炉灶，坐在小凳上）我
累了。

**斯捷潘诺娃** 唉，美女，带孩子哪有不累的！更何况你肚子里还怀
着一个……你把要洗的脏衣服放到篮子里，我等下拿去洗了。

**阿尼亚** 谢了，萨沙大婶……

〔门开了，伊戈尔走进来。精心打理的发型消失无踪，脸
上蓄满了浓密的胡须。

**斯捷潘诺娃** 啊，伊戈尔！我就是来找你的。男人们把海豹运回
来了，你去帮下忙给清理了吧。

**伊戈尔** 嗯哼。这就去。（从桶里灌水到杯子里，喝水）

**阿尼亚** 你去哪儿了？

**伊戈尔** 我还是想把季莫费耶夫那条船修好，太破了，千疮百

孔的。

**斯捷潘诺娃** 哟，你还在纠缠那条船的事儿，要是能修早就修好了！请问你要那条船干吗？

**伊戈尔** （带着尴尬的笑容）我也不知道，萨沙大婶。我觉得应该去修，所以就去了。

**阿尼亚** 让他修吧。

**斯捷潘诺娃** 想修就修吧，行了没事儿了。（把孩子还给阿尼亚；对伊戈尔说）走吧。（走出去）

〔伊戈尔俯身看着孩子，微笑着亲吻他。然后温柔地亲吻阿尼业。

**阿尼亚** 带点儿鲜肉回来。

**伊戈尔** 遵命。（走向门口）

**阿尼亚** （突然说）我们这儿很好吧，是不是？

**伊戈尔** （停下脚步，转身）是啊，非常好。等我修好季莫费耶夫的船，再带你去海上玩儿。

**阿尼亚** 可以啊，别离岸边太远就行！（笑）

**伊戈尔** 离那么远干什么？就在里科图周围转转。（走出去）

——幕落

# 祖　国

康斯坦丁·科斯坚科　著

陈建硕　译

## 作者简介

康斯坦丁·科斯坚科（Константин Костенко，1966—　　），俄罗斯剧作家，自学成才的作家，被称为当代最优秀的作家之一。1999 年开始戏剧创作，至 2004 年已写作了十八个剧本。代表作品有《鉴定》《生日快乐》等。

## 译者简介

陈建硕，上海市人。2009—2015 年在安徽大学外语学院俄语系任教，教授俄语口语、俄罗斯语言国情、经贸俄语和翻译实践课。与刘文飞、刘彤合译 2008 年获俄罗斯"俄语布克奖"的米哈伊尔·叶利扎罗夫中篇小说《图书管理员》，2010 年由人民文学出版社出版。

这个年头，许多不可思议的事情正朝着这个国家席卷而来。

完全可能是在一个公园。盛夏。艳日。泽姆佐夫夫妇米哈伊尔和玛利亚正沿着林荫道散步。两个人都是 25 岁上下。玛利亚即将临产。

**玛利亚**　不行，你不能去打两份工。

**米哈伊尔**　暂时不会的，眼下要休息休息。

**玛利亚**　不是暂时。什么时候你都不要去打两份工。米沙①，那样太辛苦，你已经体验过了，你得了精神衰弱症。

**米哈伊尔**　玛莎②，精神衰弱并不是因为做两份工作引起的。是什么原因，你是知道的。夜总会发生的事情，我都一五一十地告诉你了。

**玛利亚**　那都是因为你晚上去那里上班。晚上人就应该睡觉！

**米哈伊尔**　你没看见她被打得有多惨。

**玛利亚**　好了好了，你都说过了，别再想了。

**米哈伊尔**　鼻子、嘴唇……遍体鳞伤。整个脸被打得血肉模糊，

---

① 米沙，米哈伊尔的小称。

② 玛莎，玛利亚的小称。

就像一块带血的煎牛排。

**玛利亚** 米沙，求求你，别想了。这样对你的病情不好。

**米哈伊尔** 我从来没见过这样对待女人的……太残忍，太野蛮……即使她做了什么，那又怎么样，什么人做什么事嘛！对不对？

**玛利亚** 对，对，对。你冷静一下。

**米哈伊尔** 问题是，那个时候，所有的人竟然都转过身去，好像什么事都没有发生，好像那个女孩就该挨打。这是什么国家？这都是些什么人？

**玛利亚** 米沙，这是个正常的国家。你要冷静。

**米哈伊尔** 你真的这么想？

**玛利亚** 这种事在任何国家都会发生。

**米哈伊尔** 也许，你说得对。但是，不管怎样，这是我们的国家，我们出生在这里。这里就是我们的祖国。对吗？

**玛利亚** 对。

**米哈伊尔** 我还是应该做第二份工作。

**玛利亚** 米沙……

**米哈伊尔** 这次不去夜总会了，换一个地方。

**玛利亚** 米沙……

**米哈伊尔** 我们还得抵押贷款买房。（摸着妻子的肚子）宝宝要有自己的家，对吗？自己的小房间，房间里面放着他的小床，堆满他的各种小玩具……

**玛利亚** 好，这个问题我们好好考虑考虑。但暂时我们可以和我的父母住在一起。你知道的，他们并不反对。（看着池塘的方向）我想去池塘那边，喂一喂鸭子，我还有一小块馅饼。你要不要和我一起去？

**米哈伊尔** 你去吧，我不去了，我就在这儿。

**玛利亚** 你该吃药了。

**米哈伊尔** 不想吃，吃完药我总是打瞌睡。

**玛利亚** 米沙，医生开的药必须吃。打瞌睡，这是好事啊。这意味着你的神经渐渐平静下来了。吃吧，拜托，就当是为了我。

**米哈伊尔** 好，我吃。顺便再喝点矿泉水。

**玛利亚** 我去岸边坐坐，把脚放到水里清凉一下。太热了。

**米哈伊尔** 当心，别掉下去了。

**玛利亚** 拿着包。（把包递给丈夫，往池塘边走去；脱了鞋，坐在池塘岸边，双脚来回踢着水，把一小块一小块的馅饼丢给那里的鸭子）

〔米哈伊尔在长凳上坐下，从药瓶里抖出两粒药，往池塘那边看。确信玛利亚正专心喂鸭子之后，他便把药扔到了背后，喝矿泉水，抽烟。接着，从包里拿出一本书，读了起来。

〔一个流浪汉装扮的侦探沿着林荫道走过来。他手里拿着一个透明的方便袋，袋子里装满空酒瓶，鼻梁上架着一副黑色眼镜。他在米哈伊尔身旁坐下。米哈伊尔瞟了一眼陌生人，往旁边挪了挪，继续读书。

**侦探** 我坐到这里，您不反对吧？

**米哈伊尔** 凳子是公用的。谁想坐，谁就坐。

**侦探** 那是您的夫人？

**米哈伊尔** 是。

侦探　您在读什么书?

米哈伊尔　跟您有什么关系?

侦探　弗雷德里克<sup>①</sup>又去诺让城<sup>②</sup>了?

米哈伊尔　什么?

侦探　他遇到路易丝·罗克<sup>③</sup>了? 小姑娘很可爱。但是, 在我看来, 傻乎乎的, 是个脏指甲天使。

米哈伊尔　您怎么会知道这些? 您读过这本书?

侦探　我知道很多事, 米哈伊尔。我了解您……了解玛利亚……她已经怀孕九个多月了, 是不是?

　　　〔米哈伊尔站起来, 准备走。

　　　(拉住他的手)请留步。请听我说完, 然后再决定是去还是留。

米哈伊尔　怎么回事? 您是什么人?

侦探　您想和我们合作吗?

米哈伊尔　您到底是什么人?

侦探　您刚才提到了"祖国"。"我们在这里出生, 这就是我们的祖国", 这是您说的吧?

米哈伊尔　不记得了, 可能是吧。

侦探　那么对您来说, 什么是祖国?

米哈伊尔　她是……

---

　　① 弗雷德里克, 法国作家福楼拜 (1821—1880) 长篇小说《情感教育》中的男主人公。

　　② 诺让城, 法国城市名。

　　③ 路易丝·罗克, 福楼拜长篇小说《情感教育》中弗雷德里克的一个恋人。

**侦探**　别费脑筋了。祖国是一个复杂而且十分矛盾的概念。

**米哈伊尔**　祖国，只是一个概念？！

**侦探**　我告诉您，您可得保守秘密，祖国，就其本身来说，她根本就不存在。[①] 这就是一个抽象理念。

**米哈伊尔**　对不起，但是……

**侦探**　祖国是一种意识形态。她只存在于人民的心中，没有人民，就没有祖国。明白吗？但是，祖国又是需要的。祖国应该拥有清晰的轮廓和明显的特征，比如在世界政治地图上那些彩色的斑点，国徽、国旗，人们心中对祖国那种内疚的情感……还有许多话语和想法同这个神圣的概念联系在一起。

**米哈伊尔**　您找我有什么事？

**侦探**　您想不想为祖国服务？

**米哈伊尔**　照您所说，既然祖国根本就不存在，那还要什么服务？

**侦探**　这个我稍后会解释清楚。如果您要做的话，您将能得到优待和增加许多养老金。您考虑考虑吧。

**米哈伊尔**　您有什么证件证明您自己，使我相信吗？

　　〔侦探打开了一张证件，给米哈伊尔看。

　　这里都是空白！什么都没写！

**侦探**　这恰恰说明这一切是何等的机密，连我的姓名、职务都是国家机密。您想不想为我们服务？

**米哈伊尔**　我应该做什么？

---

①　这句话套用了俄罗斯青年诗人阿廖娜·奥杜万奇克（1999 年 7 月 15 日生）的诗句"爱情，她根本就不存在"。

**玛利亚**　米沙，过来一下。

**米哈伊尔**　您刚才说，会有优待，那么，您能帮助我按揭贷款吗？

**侦探**　一切都有可能。您妻子在叫您。

**米哈伊尔**　那么，我将要做什么呢？

**侦探**　关于这个，我们下次见面再谈，现在想想，好好考虑考虑，我先告诉您这将是人生特别重大的一步。

**玛利亚**　米沙……快来。

**米哈伊尔**　来了来了。（对侦探说）分配公房吗？

**侦探**　一切都有可能。我提醒您一下，不要把我们的谈话告诉任何人。我会找到您的。再见。（下场）

　　〔米哈伊尔朝妻子走去。

**玛利亚**　你刚才和谁在一起？

**米哈伊尔**　哦，没什么……就一个流浪汉，怪人……你在想什么？

**玛利亚**　看呀，这些鸭子多可爱。你也喂喂它们，好不好？我还有一点馅饼渣。

**米哈伊尔**　你叫我过来就是为这个？

**玛利亚**　我想让你高兴嘛。

**米哈伊尔**　玛莎，我决定了，我们办理按揭贷款。

**玛利亚**　所以还是要打两份工？

**米哈伊尔**　大概，不用了吧，一切都会有的。

**玛利亚**　（托着自己的肚子）天哪！

**米哈伊尔**　这是什么？

　　〔听到潺潺的流水声音。

　　哎呀！这是什么东西，从你身上流出来了！

**玛利亚**　我的妈呀！米沙！

　　〔米哈伊尔扶着妻子走向长椅。天空乌云密布，听到雷声隆隆。

**米哈伊尔**　快快快，亲爱的，快坐下。

**玛利亚**　米沙！……

**米哈伊尔**　来，拿着，抽一口。哦，别管它给抽不给抽了。你等着，我去打的，马上回来！

　　〔开始下雨了。米哈伊尔在林阴道上奔跑。

　　〔好像是在产科医院。米哈伊尔和玛利亚走进急诊室。一名护士朝他们走来。

**米哈伊尔**　快！她要生了！

**护士**　冷静点，年轻人，别大惊小怪的。（问玛利亚）羊水破了吗？

**玛利亚**　破了。

**米哈伊尔**　直接淌到水里，淌到池塘里去了！

**玛利亚**　哦！我的妈妈呀！

**米哈伊尔**　您没看到吗?! 她要生啦！

**护士**　年轻人，不要急嘛。你们不是第一个，也不会是最后一个。睡衣和拖鞋带来了吗？

**玛利亚**　没来得及。

**护士**　身份证带了吗？

**玛利亚**　米沙，把包给我。

　　〔护士带着玛利亚朝一扇玻璃门走去。

**米哈伊尔**　那我做什么？

**护士**　回家，把拖鞋、牙刷还有其他用品拿来。打听，等待结果。

**米哈伊尔**　不，我哪儿也不去，就在这里等。

**玛利亚**　米沙，回去吧，休息一下。

　　　　[护士和玛利亚隐身在玻璃门后面。米哈伊尔坐到沙发床上。侦探从玻璃门后面走出，穿着医生的白大褂，还是带着那副黑色眼镜，在米哈伊尔身旁坐下。

**侦探**　您考虑好了吗？

**米哈伊尔**　您怎么会在这里？！

**侦探**　这没什么。我需要您的答复。想不想为祖国服务？

**米哈伊尔**　您知道，我考虑了一下……

**侦探**　结果是？

**米哈伊尔**　我想通了，祖国的确是不存在的。虽然有领土、国徽……但祖国，她其实就是一场梦，就是一座美好壮丽的海市蜃楼……但是，您知道吗……这样想，这样生活一辈子……还是很可怕的。

**侦探**　所以我建议您和我们合作，和我们的其他工作人员一起建设祖国，把这座美好壮丽的海市蜃楼打造成现实。我觉得，您还有些问题要问。

**米哈伊尔**　我需要做什么？

**侦探**　没有什么特别要做的。只需要时时处处在心里不断重复一句话："我爱祖国！"

**米哈伊尔**　就这么多？！

**侦探**　要知道，现在正是困难时期。世界政治经济格局出现了特别情况，"祖国"开始衰弱，并将失去原有的价值。越来越多的人公然藐视自己的祖国。这是不能允许的，这是拆台，这是混乱！因此，我们才招募像您这样的人。您需要以身作则，以自己的榜样来向人们证明，热爱祖国是必须的，应该在任何情况下，无论多么艰难困苦也要做到这一点。您将作为一砖一木投身到宏伟大厦的建设中去。您明白我的意思吗？

**米哈伊尔**　明白。但是，仅仅在心里重复一句话又怎么能使美好的远景或幻想变成现实呢？

**侦探**　如果您在心中默念"我爱祖国"千百万次，您想，这对您的身心不会产生影响吗？

**米哈伊尔**　我不知道。

**侦探**　试一试吧。

**米哈伊尔**　试什么？

**侦探**　现在就默念"我爱祖国"吧，喂，来试试。

　　　［米哈伊尔聚精会神默念着。

　　　看！您已变了样！

**米哈伊尔**　真的？

**侦探**　如果我能捕捉到您身上的变化，别人难道会看不出？您周围的人必定会发现，您一天天地在变化，并且是变得更好。他们肯定会疑惑："这个人怎么了？发生了什么事？"但很快他们就会明白，这一切都来源于您内心对祖国的特殊的情感。

**米哈伊尔**　他们怎么能明白？他们看不到我内心的想法。

**侦探**　别担心。您对祖国的那份激动兴奋的爱将会通过您各种各样的言语、行为和特别眼神反映出来，您周围的人肯定会以应有的方式读出您身体和心理发出的信号。这是微物质。这样一来，任何人都不能阻止您公开地说出自己的爱国热忱。

**米哈伊尔** 可是为什么总是要有爱的想法呢？比如，我不说得那样天花乱坠，只是懂得这是我的祖国，我没有另外的祖国，我正常地对待她……这样……

**侦探** 这是普遍存在的错误认识。不可能像您说的那样，正常地、中立地对待祖国，只是以此来掩饰自己对祖国的蔑视。好了，再见吧，不要自我安慰了，您不爱祖国。

**米哈伊尔** 才不是呢！

**侦探** 告诉您，目前，此时此刻，您处在这个阶段，还没有像需要的那样爱自己的祖国。

**米哈伊尔** 我爱祖国，爱的呀！

**侦探** 您听着。任何人都不能离开祖国这个概念而活着；任何一种思想，任何一种行为的存在，都不可能与祖国没有联系。要么爱，要么不爱，二者必居其一。相应的，您自己的思想、言语、举手投足和眼神，反映出来的要么是爱，要么就是恨。祖国一直都在您身边。当您和妻子睡觉时，祖国在您身边；当您喝咖啡时，祖国在您身边；当您上厕所时，幻想时，微笑时，哭泣时，祖国都在您身边。她始终站在您身后，隐身默默地关爱着您，并轻轻地问着："你爱我吗？"到目前为止，您都没有意识到这一切。但现在，如果您签了这份合同，未来生活中的每时每刻，您都能清楚地感受到祖国与您同在。一开始，是会使人紧张，使人筋疲力尽，但渐渐地，当您发自内心地爱上祖国之后，您就会习惯了。祖国需要爱，这是无比正确的立场，这对我们的健康也有好处，一般地说，最终，这也是回避不掉的。那么，您还准备签这份合同吗？

**米哈伊尔**　也就是说，只要心中重复"我爱祖国"就行了？

**侦探**　一点没错。

**米哈伊尔**　每天要重复多少次呢？

**侦探**　没有明确的数量规定。对了，还需要这个设备……它将会记录您自己思想的每一次闪念。（拿出来一个带哨子的橡皮玩具）您想一下"我爱祖国"，就按一下玩具。（按了一下玩具）通过特殊的仪器，我们会捕捉到信号："啊，米哈伊尔·泽姆佐夫照例又一次抒发了他对祖国的爱！"并且记录下来。月底，我们会计算出总次数，我会找到您，然后您在工作报表上签字确认。明白吗？（将玩具交给米哈伊尔）

**米哈伊尔**　奇怪。你们难道没有现代化的工具包？比如各式各样的微型芯片啊，卫星发射器啊…

**侦探**　任何人都不应该知道您在执行秘密任务。您设想一下，当您和朋友围坐在一张桌子旁边时，您心中突然涌现出对祖国的爱，并且需要记录下来，如果用卫星发射器，怎么能不引起周围人的疑问和其他多余的问题呢？嗯，是不是？

**米哈伊尔**　好吧，或许您说的对。

**侦探**　而这个呢，您自己也看到了，就是一个玩具、新奇的东西。但是，请放心，这里面也有微型芯片，该有的，它都有。（捏了一下玩具）

　　　　〔米哈伊尔也捏了一下。他们彼此会心地笑了。

**米哈伊尔**　不好意思，关于这个优待和……

**侦探**　好的，没问题。

**米哈伊尔**　我大概能得到些什么？

**侦探**　我觉得，您肯定会满意的。

**米哈伊尔**　公房一定有吗？

**侦探**　一切都有可能。但刚开始，您必须搬到另一个城市去。

**米哈伊尔**　哪个城市？

**侦探**　这还得去问您的妻子。

**米哈伊尔**　您把我弄糊涂了。

**侦探**　您需要和妻子玩城市接龙的游戏。您的妻子说出的第一个以字母 K 开头的居民点就是您应该去的地方，您在那里会找到自己的房子。

**米哈伊尔**　公房吗？

**侦探**　一切都有可能。来，这份合同……（拿出了一份文件）您签字吧。

**米哈伊尔**　可以看一下吗？（把文件拿过来，开始读）

**侦探**　请看这里……这一条很重要，"无论何时，无论处于何种情况，我都应该热爱祖国"。

**米哈伊尔**　有笔吗？

　　　　［侦探递给米哈伊尔一支笔。米哈伊尔签了字。

**侦探**　满一个月后我来找您签工作报表。记住，要和妻子玩"城市接龙"的游戏。

**米哈伊尔**　……第一个以字母 K 打头的城市是我要去的城市。

**侦探**　绝对正确。

**米哈伊尔**　可是您为什么选中了我？难道我有什么特别的地方？

**侦探**　您看上去十分真诚、开朗，值得信赖。再见。

　　　　［米哈伊尔捏了一下橡皮玩具。侦探笑了笑，表示赞许，

接着，他拉开墙上的秘密小门，隐身不见了。米哈伊尔走到侦探隐身的地方，摸了摸，推了推墙壁，却发现墙面平整，推不动，似乎那里别的什么都没有。

　　［玻璃门那边传来了一声婴儿啼哭，但又静下了。米哈伊尔立即推开玻璃门，顺着走廊跑过去。在路上遇到护士。

**护士**　您去哪儿？那里闲人免进。

**米哈伊尔**　我听到了婴儿的哭声！是不是我的孩子？他出生了?!

**护士**　是的，但是，您要像个男子汉大丈夫的样子。

**米哈伊尔**　什么？男子汉大丈夫？

**护士**　孩子死了，不幸的事故。

**米哈伊尔**　见鬼！怎么回事?!

**护士**　助产士的手套太滑，不小心把孩子摔到了地上，他本来还能活。可麻醉师……

**米哈伊尔**　天哪！

**护士**　麻醉师鞋后跟踩到您儿子的头了。

**米哈伊尔**　是我的儿子？

**护士**　是的，男孩。麻醉师当时正在观察仪表，后退一步的时候……完全是偶然的……

　　［米哈伊尔捏了一下玩具。

　　请原谅，在我们这儿实属首例。

　　［产房一间诊室的门开了，走出一个卫生员，他用推车把玛利亚推出来。

**米哈伊尔**　玛莎！……

**玛利亚**　你已经知道了？太痛苦了！

**米哈伊尔**　玛莎，我感到很遗憾！（捏了一下玩具）

**玛利亚**　这是什么？

**米哈伊尔**　街边买的，打算送给宝宝的。你还好吗？

**玛利亚**　不好，糟透了！

**米哈伊尔**　我们来玩"城市接龙"。

**护士**　年轻人，姑娘现在需要休息。

**米哈伊尔**　等等。玛莎，来，玩一下嘛。

**玛利亚**　我很难受，没心思玩这个。

**米哈伊尔**　来嘛。我先说，符拉迪沃斯托克，到你了，以字母 K 开头。

**玛利亚**　卡兹拉德里辛斯克①。

**米哈伊尔**　有这个城市？你确定？

**玛利亚**　不知道，随口说说，因为我实在，实在太难受了。

　　　　〔卫生员和护士将玛利亚推走了。

**米哈伊尔**　玛莎，我一定要找到这个地方！我们去那里，开始新的生活！


　　　　〔多半是在羊拉肚子城的火车站前。车站大楼屋顶下，挂着一座大钟，钟的下面，写着车站名称。广场上，列宁雕像高耸在花坛正中央。车站广播大声播送着火车的到达和驶离的消息，听到火车进站出站的喧闹声。米哈伊尔和玛利亚拖着行李，出现在月台那边。

---

　　① 卡兹拉德里辛斯克，俄语城市名 Козлодрищенск 的音译，意译是羊拉肚子城。下文皆用羊拉肚子城。

**米哈伊尔** 还算不错，整洁、安静的小城，你觉得呢？

**玛利亚** 你为什么不让我拿意见簿？

**米哈伊尔** 玛莎，这都是些鸡毛蒜皮的小事。

**玛利亚** 他们卖给我们的饼干是过期的，床上用品也没有换过，我的被套里有一股别人的脚臭味！

**米哈伊尔** 有什么办法呢，常有的事。（捏了一下玩具）

**玛利亚** 我一夜都没睡着，头疼得要命！不应该听你的，应该直接给他们提意见。米沙，应该让他们有自知之明，不然后面还会有过期的食品……

　　　　〔米哈伊尔捏了一下玩具。

　　　　……睡臭烘烘的被子……

　　　　〔米哈伊尔捏了一下玩具。

　　　　……还有……

　　　　〔米哈伊尔捏了一下玩具。

　　　够了！你为什么总是在捏这个破玩意儿？！

**米哈伊尔** 玛莎，我知道，你很失望。但我们国家就是这个样子，人民也就这个样子，但他们本质上都是好人，有同情心的人。我们只需要更好地去观察、去适应他们。

**玛利亚** 我要上厕所，我去找找，你就在这里等吧？

**米哈伊尔** 好的。我等你。

　　　　〔玛利亚下场。米哈伊尔环顾四周。突然，他身后的列宁雕像复活了，他戴上黑眼镜，从底座上跳下来。米哈伊尔认出了那是侦探。

**侦探** 您好。欢迎您顺利到达。

**米哈伊尔**　您怎么……太突然了！

**侦探**　好了，以下我说的话，请您务必记牢。您即将入住的套房会刊登在一张本地报纸上，报纸在您即将碰到的第一间书报亭里，拿到报纸后，找到广告页，再找到房子出租那一栏，右上角的第三则广告即是。这是您的套房，您应该住在那里。

**米哈伊尔**　这是公房，所以不用担心房租的事，我理解得没错吧？

**侦探**　我们暂时还不能这样，一切都必须顺其自然，您和普通人没有差别。所以，您先入住，先支付房租和水电煤气公用事业费用……

**米哈伊尔**　我能指望你们会退给我钱吗？我这可是在执行任务呢，对吧？

**侦探**　您统计支出的费用，以后，我们会补偿一部分。

**米哈伊尔**　补偿一部分？什么意思？

**侦探**　我想，我们可以承担您百分之五十的开支。

**米哈伊尔**　真的？

**侦探**　别忘了，我们是一个说话算话的单位，而您是他的一部分。另外，一个月过去了，是签报表的时候了。（拿出了一张单据）

　　　〔米哈伊尔签了字。

　　　您这个月干得很好。好样的！

**米哈伊尔**　谢谢。不过，上次您答应了会有优待……

**侦探**　对，是的，我决不食言。这个，拿着，电车月票和几张免费挂号看病的票。此外，如我之前所说，将来，您还会增加一笔可观的退休金。

**米哈伊尔**　（看着电车票和看病挂号票）什么？就这些？

**侦探**　您算算，为了对祖国的爱，还嫌少吗？

**米哈伊尔**　不，不是这个意思，我明白您说的。（捏了一下玩具）可是，我本来以为会直接给现金补贴，外加一些免费的口粮……就像对待秘密工作者应有的那样。

**侦探**　不是还要增加退休金吗？

**米哈伊尔**　是的，可是，那还要等……要是现在兑现就好了。

**侦探**　我提醒您，您是新手，还没有好好表现呢。

**米哈伊尔**　那以后呢？

**侦探**　一切都有可能。

　　〔米哈伊尔捏了一下玩具。

　　您先找到房子安顿下来，再找份工作，熟悉熟悉这个小城，了解了解当地的居民……总之，过平常人的生活。

**米哈伊尔**　明白。可是……（捏了一下玩具）

**侦探**　对了，还需要事先提醒您，您要牢记，现在您生活在一个新地方，身边会出现形形色色的人，同事、邻居、熟人，等等。很有可能，他们中间会有人谈论起祖国，而且不一定总是持赞许的态度，可能会辱骂祖国，说自己多么恨祖国……

**米哈伊尔**　我要不要上去劝说他们？

**侦探**　没有必要。您只需要心中默念那句话就行了，当然，您也可以说出来，但是……要知道，其中某些人实际上就是普通公民，但是不排除里面有我们的便衣工作人员。

**米哈伊尔**　便衣工作人员？！

**米哈伊尔** 他们会故意挑事，试图介入你们的谈话以达到让您负面评价祖国的目的，这其实是一种检查。我很喜欢您，所以才提前告诉您。一般，我不会给任何提醒的。这种情况下，人们很容易上钩。他们往往以为没有人能听到他们的讲话，一切都天衣无缝，反对祖国的话一出口。好了，一切都完了！挣钱的机会、优待、增加退休金……都没有了，而且是一去不复返。

**米哈伊尔** 那，这些人我能不能认出来？

**侦探** 谁？我们的工作人员吗？

**米哈伊尔** 对。

**侦探** 不能。

**米哈伊尔** 可是，万一……

**侦探** 万一什么？

**米哈伊尔** 万一我……

**侦探** 到底万一什么？

**米哈伊尔** 万一突然发生那些……

**侦探** 只要您时时刻刻，不论处于何种情况都爱祖国，就不会发生任何事。

**米哈伊尔** 可是，万一我……假设吧，万一某个时候我没有用心去爱，换句话说，我只是嘴上重复爱祖国这句话……想体验真诚的热烈的爱，但没有体验到……这时候怎么办？

**侦探** 不用担心。您只需要心里不断重复这句话，其余的，随着时间流逝，一切自会到来。您会感觉到的。好了，再见，祝一切都好！整整一个月之后我再来找您。别忘了买那份刊登

广告的报纸。(下场)

〔米哈伊尔目送他离去。玛利亚回来了。

**米哈伊尔**　回来啦，我们走吧，还要租房子。

〔米哈伊尔和玛利亚下场。


〔可能是在工人宿舍。宿舍墙上墙纸破烂不堪，里面家具少得不能再少。铁床的床背上挂着玛利亚的衬衫和短裙，破旧的烫衣板被用来当作临时餐桌，上面摆放着酒和一些简单的下酒菜。桌旁坐着1号邻居。米哈伊尔在墙上挂上个书架，然后往架子上放书，旁边挂着艾瓦佐夫斯基画作的复制品。

**米哈伊尔**　您的工作怎么样了？

**1号邻居**　哪里的工作？羊拉肚子城吗？

**米哈伊尔**　是啊。能找到工作吗？

**1号邻居**　当然！不难！只要脖子上的脑袋和双手还在，人在哪里都是饿不死的。这是我的哲学。

**米哈伊尔**　我也这么认为。(捏了一下玩具)

**1号邻居**　你看这宿舍怎么样？什么都有吧？

**米哈伊尔**　怎么说呢……当然有些小小的不足……

**1号邻居**　哪里不是这样呢。

**米哈伊尔**　说的对。我在墙上贴上新纸，再糊个顶棚……没事，我们会住惯的！

**1号邻居**　我们这宿舍算是顶好的。生活在这里，我们就像一个大家庭，1978年之前我们宿舍还一直被当作样板房来展示，展示牌我都还收着呢。过去是挂在墙上的，后来被人摘了。我在污水池找到的，洗了洗，擦干净……

　　［2 号邻居走进来，在"餐桌"旁坐下。

**米哈伊尔**　我们正说着呢，瞧你们这儿，多好的城市，多棒的集体宿舍……

**2 号邻居**　这城市就是黑乎乎的狗屎。这宿舍就是臭烘烘的茅房。

**1 号邻居**　宿舍是样板房，我们是和和美美的一家人。

**2 号邻居**　哼！一家人！就在昨天，二楼的一个小伙子像平常一样地下班回家，也没招谁惹谁，平白无故就被人杀死了。

**1 号邻居**　也就这一次，没必要揪着这事不放。

　　［米哈伊尔捏了一下玩具。

**2 号邻居**　（对米哈伊尔说）真搞不懂，什么风把您给吹到这鬼地方来了。

**1 号邻居**　因为我们这儿历史悠久。

**2 号邻居**　什么？我再说一遍，城市——穷乡僻壤，臭水沟。

**1 号邻居**　有着悠久的历史。

　　［米哈伊尔捏了一下玩具。

**2 号邻居**　但是，穷乡僻壤。

**1 号邻居**　但是，历史悠久。

　　［米哈伊尔捏了一下玩具。

**2 号邻居**　走吧，快离开这儿，没指望的地方。

**米哈伊尔**　我估计就留在这儿了。找找工作，等我妻子出院……

**2 号邻居**　工作？！在羊拉肚子城？！

**米哈伊尔**　是啊。刚才这位还说了。

**1 号邻居**　我说的是，如果不缺胳膊少腿，头脑也正常的话……

**2号邻居**　见鬼，在这儿能找到屌工作。穷乡僻壤，臭水沟。一切都会落空，命都保不住。

**1号邻居**　但是这能激发鼓舞人的斗志！已经无路可退了嘛，所以，只有发展和进步。

　　　　　　〔米哈伊尔捏了一下玩具。

**2号邻居**　但工作，是绝对找不到的！

**1号邻居**　如果脑子没问题，也不笨手笨脚……

**2号邻居**　一切都要完蛋了，垮台进行时。

**1号邻居**　这会鼓舞激发斗志！

**2号邻居**　够了！闭嘴！……该死的国家！我忍受不了这个国家了！我可是专业的工程师出身，但在这儿，只能在工厂做个普通的拼命干活的壮工。因为在这个城市里唯一能用到我专业知识的企业，见上帝去了！

**米哈伊尔**　也就是说，不管怎样，工作总还是有的？

**2号邻居**　有个屁！难道这也算工作？辛辛苦苦才挣几个钱！该死的国家！

**1号邻居**　宏伟的国家！

**米哈伊尔**　壮丽的国家！（捏了一下玩具）

**1号邻居**　不可战胜的国家！

**米哈伊尔**　催人奋发的国家！（捏了一下玩具）

**2号邻居**　我真要被你们逼疯了！你们这些马戏团的小丑们，大棚马戏团呀！

**1号邻居**　马戏——这可是一项伟大的艺术。

**米哈伊尔**　尤其是我们祖国的马戏团。

**2号邻居** （用手捂住了耳朵）闭嘴，该死！（对米哈伊尔说）你，你老婆呢？哪儿去了？

**米哈伊尔** 在医院。看外科。

**2号邻居** 怎么了？哎呀！你倒是快说呀。

**米哈伊尔** 产后并发症。当时生完孩子，给她缝合会阴用的工具没消毒，就发炎了。（米哈伊尔捏了一下玩具）

**2号邻居** 这叫什么事?! 啊？这叫什么事?! 乱七八糟！简直是胡来！这叫什么医生，简直就是杀人犯，衣冠禽兽！

  ［米哈伊尔捏了一下玩具。

  医院里都有些什么？脏，乱，差！老鼠满地跑！

  ［米哈伊尔捏了一下玩具。

  该死的国家！

  ［米哈伊尔捏了一下玩具。

  见鬼，你都干了！够了，别喝了，妈的。

**米哈伊尔** 来，我提议，干一杯，为了最宝贵的东西。

**2号邻居** 为了生命吗？

**米哈伊尔** 不是。

**1号邻居** 为了整个宇宙？全世界？

**米哈伊尔** 不全是。为了我们祖国。

**1号邻居** 好主意！

  ［米哈伊尔倒了满满三杯酒。三个人喝酒，吃凉菜。

  等等……我这有……（从兜里掏出来一张纸）昨天，有灵感来了。

**米哈伊尔** 这是什么？

**1号邻居**　一首关于祖国的诗。我来念一念，你们不反对吧？

**2号邻居**　去，去，去，哪儿凉快哪儿待着去！……

**米哈伊尔**　读吧，读吧，我们听一听。

**1号邻居**

  啊，祖国！

  我亲爱的故乡！

  大海一般的广阔无垠……

**米哈伊尔**　好诗！

**1号邻居**

  你是那生命诞生的摇篮，

  你是那死后重生的天堂……

**米哈伊尔**　漂亮！

  [2号邻居捂住了耳朵。

**1号邻居**

  啊，祖国！

  你活力四射，青春常在。

  [米哈伊尔捏了一下玩具。

  作为您最忠实的儿女，

  我感到骄傲而无上荣光！

**2号邻居**　够了，该死！狗屁不通！叫人没法听！

**米哈伊尔**　奇怪，这我就不明白了，这是一首关于祖国的诗，怎么会狗屁不通。

**1号邻居**　就是。

**2号邻居**　这能算诗！一点儿才气都没有，狗屁打油诗！

**米哈伊尔**　我觉得，只要是关于祖国的诗，不管怎样，都会有诗意。"啊，祖国！辽阔无边的土地！……"太棒了！

**1号邻居**　（握了握米哈伊尔的手）谢谢！

　　　　［米哈伊尔起身离开餐桌，朝门边走去。趁着2号邻居夹菜的工夫，他向1号邻居打了个手势，让他跟着自己。于是，二人一起来到走廊上。

**米哈伊尔**　不好意思，我实在忍不住，想问你件事儿。

**1号邻居**　什么事？

**米哈伊尔**　你，也是？快承认吧。

**1号邻居**　是什么？什么意思？

**米哈伊尔**　你……你签了合作的合同吗？（捏了一下玩具）

**1号邻居**　不懂你在说什么。

**米哈伊尔**　这么说，你是发自内心热爱祖国的？

**1号邻居**　是啊。怎么了？

**米哈伊尔**　没事，没什么，一切正常。（将邻居往房门方向推了推）你回去吧，多吃点，多喝点，好好庆祝乔迁之喜……我一会儿就来。

　　　　［1号邻居回了房间。米哈伊尔顺着走廊走，顺道去厕所，打开里面一个隔间的小门。侦探穿着一身黑西装，戴着黑眼镜，坐在那里。

　　　　我看，一个月时间还没到。

**侦探**　我知道。距离我们上次见面，还没几天。但要求早点签下报表，这个月月底，我会很忙，不能来找您。（将单据和一支笔递给米哈伊尔）

**米哈伊尔**　（正准备签字，突然停下来了）我能不能再多想祖国几次？在账单上再加上几笔。

**侦探**　可以，我来改一改数据。

　　　　〔米哈伊尔集中注意力，捏了几次橡皮玩具。

　　　　好了，够了。（侦探在单据上做了些修改，递给了米哈伊尔，后者签了字）家安好了吗？

**米哈伊尔**　我本来还以为是套房。可是这是集体宿舍！

**侦探**　广告上指定的地址是不是在那里？

**米哈伊尔**　是的。我完全是按照您的指示。

**侦探**　那就，爱莫能助了。

**米哈伊尔**　好，我理解。（捏了一下玩具）您听着，我想问……

**侦探**　说吧。

**米哈伊尔**　我刚认识了一位新朋友，同一层楼的邻居，他很爱祖国。请问，他也是我们的人？

**侦探**　不是。

**米哈伊尔**　您知道我说的是谁？

**侦探**　我们无人不知，无事不晓。

**米哈伊尔**　为什么不把他也吸收进来参加合作呢？我觉得，他一定有用。爱国，还能写诗……

**侦探**　问题在于，这人就是个百分百的糊涂虫，死脑筋。他总是急急忙忙地写那些蹩脚的打油诗，还写祖国题材的。他就没有更多的智慧来考虑世上还有其他变通的办法。和这样的人一起工作太没趣。而您，则完全不是这种人，您善于分析，精明，不轻信……

**米哈伊尔**　我懂了。那第二个人呢?

**侦探**　谁,邻居?

**米哈伊尔**　是的。

**侦探**　也是一个糊涂虫。

**米哈伊尔**　他一个劲儿地挑唆我!

**侦探**　我不是说了吗,这是两个糊涂虫。

　　　　〔米哈伊尔的手机响了起来。

**米哈伊尔**　稍等一下。(对着听筒)喂,是我,是我……什么?! 为什么?! 哦,不,没事,一切正常,我能理解。既然已经发生了,那就说明这是必需的。(捏了一下玩具)

**侦探**　发生了什么?

**米哈伊尔**　我妻子刚动了一个手术。

**侦探**　什么病? 这么严重?

**米哈伊尔**　产后脓毒。不得已切了子宫。

**侦探**　太遗憾了,真是太遗憾了。

　　　　〔米哈伊尔捏了一下玩具。

　　　　您要挺住。

**米哈伊尔**　(捏了一下玩具)您知道吗,在这件事上我是有过错的。

**侦探**　错在哪儿?

**米哈伊尔**　错在玛莎身上这件事。她现在没有子宫了,是个废人了。

**侦探**　咳,咦?

**米哈伊尔**　一开始有些征兆的时候我就该早点送她去医院。她以前抱怨过,感觉自己很难受,可我却安慰她说:"那都不是事! 重要的是,我们有祖国。"那时候我一心想着完成自己的任务，竟然无视妻子的病。这太卑鄙了！请问，这样卑鄙的人怎么配得上热爱祖国呢？也许，我就不配去完成这个任务。

**侦探**　任何行为都能和对祖国的爱挂上钩。

**米哈伊尔**　哪怕是卑鄙下流的行为？

**侦探**　您可以去骗，可以去偷，甚至可以去杀人……可以做最低级下流令人厌恶的人渣。但只要您心中仍然保持对祖国的爱，那么，其余品质都可以忽略不计。对了，今后，您将用另一种方式来表达对祖国的爱。

**米哈伊尔**　什么方式？

**侦探**　可视信号将帮助您记录热烈激动的情感而不再是思想。明白吗？

**米哈伊尔**　不是很明白。

**侦探**　您即将过渡到任务的下一个阶段，更高级的阶段。在心里多次重复特别文本代码，您的爱国主义体验已得到了发展和强化。现在您将要在自己身上唤起一种特别的情感，如果，您激动得嘴唇颤动泪流满面，这也没什么可怕，我们欢迎这样，一种特别的身体运动将帮助您记录下这一切。

**米哈伊尔**　什么运动？

〔侦探跳一种复杂的膝盖舞。

**侦探**　您做一下。

〔米哈伊尔重复他的动作。

好。请记住，千万次心里的默念"我爱祖国"才等于对祖国的一份爱。而这一下就不用那样卖力气了，要和它说再见了。（从米哈伊尔手中拿走了玩具）

**米哈伊尔**　那，我跳舞的时候（跳膝盖舞）……您能看到？

**侦探**　是的。

**米哈伊尔**　您在跟踪我？

**侦探**　不用说。通过隐形想帮助我们看到您的一切。

**米哈伊尔**　难道以前您也一直在监视我？

**侦探**　您怀疑过吗？

**米哈伊尔**　请告诉我，这也会记到每月的工作报表上去吗？

**侦探**　（拿出了一张单据）看，新格式报表。发现没有，用了更上乘的纸，还带水印，全息图……我，再强调一次，您将进入更高级的工作阶段。这都是您应得的。

**米哈伊尔**　谢谢。那么优待呢？进入更高阶段了，优待是不是会增加？

**侦探**　一切都有可能。（跳膝盖舞）

**米哈伊尔**　（重复他的动作）您知道吗？我有时候还是会感觉……

**侦探**　感觉什么？

**米哈伊尔**　不舒服，很难受。

**侦探**　哪里不舒服？

**米哈伊尔**　病态的郁郁寡欢。一方面，我看见身边的一切都很可怕，一切都在崩溃垮台……先是我儿子的死，现在我妻子又……但每个月，我却还和您约会，在那张我爱祖国的表上签字。好像我身边一切都很好，我对一切都很满意似的。

**侦探**　您难道有别的想法了？

**米哈伊尔**　没有，没有。我只是想搞清楚，弄明白，想一切都明明白白，为的是不留下任何疑问。

**侦探**　我只有一个忠告：爱祖国。不要怕困难，没有困难是不可能的。这就是生活，要知足，不满足也要做出满足的样子，假装满足一下吧。

**米哈伊尔**　我尝试过假装满足，可是太痛苦，感觉头都快炸了。

**侦探**　那么您还爱祖国吗？

**米哈伊尔**　这还用说！（跳膝盖舞）

　　　　〔厕所门外传来了有人走近的脚步声。侦探躲进了小隔间里，关上了门。似乎是1号邻居和2号邻居走了进来。1号邻居背着手。

**2号邻居**　你在这儿磨叽什么？大便太长，拉不完了吗？

**1号邻居**　我们等啊等，等了半天，就是不见你来。

**米哈伊尔**　我好了。洗一下手。（在水龙头前洗手）

　　　　〔2号邻居趁米哈伊尔不注意，一下子将他双手倒扣在背后，按倒在地。1号邻居拿着注射器对准他的肩膀准备注射。米哈伊尔奋力反抗，但是白费力气。两位邻居注射完药水后，放开了他，他们俩若无其事，好像什么事也没发生。

**2号邻居**　来，打起精神来。

**1号邻居**　主人不在还叫什么乔迁喜宴呢？

**2号邻居**　我们等你。

　　　　〔邻居们走后，米哈伊尔艰难地站了起来，往小隔间里看了看。那里空无一人。

**米哈伊尔**　请问，您在哪儿？

**侦探的声音**　（从抽水马桶底下传来）什么事？

**米哈伊尔**　可不可以再问个问题？

**侦探的声音**　说，我听着呢。

**米哈伊尔**　我想了一下……（停顿；无精打采）或许，"祖国""国家斯特拉纳"①"国家戈苏达尔斯特沃"②……这是不同的概念。祖国，这是生我养我的地方，这里有我珍爱的一切，我不能没有这一切。国家斯特拉纳……（停顿）这是一种社会政治组织，是在地缘政治框架内的。国家戈苏达尔斯特沃……（停顿了一下），几乎和"国家斯特拉纳"差不多，但这里包括了一切社会制度。官员，警察，医学，诉讼程序……

**侦探的声音**　您到底想问什么？

**米哈伊尔**　（开始口齿不清了）哦，我想了一下……如果我爱祖国，但是对国家斯特拉纳和国家戈苏达尔斯特沃感到不满意，这样可以吗？

**侦探的声音**　您，好像，有母亲吧。

**米哈伊尔**　是的，她死于瘫痪。

**侦探的声音**　您爱过她吗？

**米哈伊尔**　那还用说。

**侦探的声音**　据我猜测，您的母亲身上肯定有过褥疮，并且，她有时会直接在床上大小便，散发出难闻的气味。但她还是您的母亲，您还是很爱她。是不是？

**米哈伊尔**　毫无疑问。

**侦探的声音**　祖国也是一样的道理。国家斯特拉纳，就如母亲衰老的病体。国家戈苏达尔斯特沃，就是难闻的气味、溃烂和

---

①　国家斯特拉纳，俄文 страна 音译，国家。

②　国家戈苏达尔斯特沃，俄文 государство 音译，国家。

斑疹。而所有这些的结合体，才是祖国，彼此不可分割。明白吗？

**米哈伊尔** （几乎快睡着了）多谢，您给我解释得很清楚。

**侦探的声音** 请按水箱。我滞留很多时间了。

　　［米哈伊尔按了一下水箱，然后慢慢地从小隔间走出来，站在那儿，摇头晃脑地，似乎在思考什么。然后，他做出精神抖擞的样子，用尽全身最后一点力气跳膝盖舞，霎时间，睡着了。倒在地上。


　　［很难说是在哪里，多半，是在一家咖啡馆。时间已是夜晚。在空旷的大厅里，米哈伊尔和玛利亚坐在餐桌旁。距离桌子不远处的墙上挂着一幅宣传画，上面是一位奥运冠军的照片，只见他脸颊绯红，面带微笑，绶带上挂着奖章。

**玛利亚** 见鬼！我们多愚蠢！生活在这鬼地方，还做着黄粱美梦，制订什么计划。米沙，我现在老得特别快，都是荷尔蒙开始干扰了。你是不是不爱我了。

**米哈伊尔** 没有。

**玛利亚** 应该是你那次病发作了以后……从你看到那个女人被打之后开始的……

**米哈伊尔** 玛莎，我早就忘了这事了。我们还是很相爱，别多想。

**玛利亚** 从那时起，郁闷的时期开始了。你为什么不吃药了？

**米哈伊尔** 你看，我身体很好。感觉一切都很好。

**玛利亚** 什么都不好！我不喜欢这个城市，我们离开这里吧。

**米哈伊尔** 我们来这儿的时间还很短，还不能下结论。再住一段时间吧。我相信，你会慢慢爱上这里的。

　　[一位女服务员向餐桌走来。这位服务员浓妆艳抹，穿着时髦的渔网连裤袜和迷你超短裙。

**女服务员**　（将一块冰激凌和两块蛋糕放到桌上）你们的甜点。

**米哈伊尔**　谢谢。请问，那张宣传画上的运动员……他是谁？

**女服务员**　您不认识他？

**米哈伊尔**　不认识。

**女服务员**　您怎么能不认识他呢？跑步运动员，两次奥运会冠军，尼基塔·卡拉什尼科夫。

**米哈伊尔**　您是他的崇拜者吗？

**女服务员**　我们这里所有人都是他的粉丝。他是我们老乡。

**米哈伊尔**　他是本地人？

**女服务员**　是呢，本地人，羊拉肚子城人。

**米哈伊尔**　明白了。

　　[女服务员下场，消失在大厅尽头的天鹅绒门帘后面，那里是通往另一个房间的入口。

　　看到没，这里好的东西还是很多的，有不少运动健将出生在这里呢。（咬了一口蛋糕后，立即用手捂住了嘴唇）

**玛利亚**　你怎么了？

**米哈伊尔**　我的牙！（一颗牙掉在手上）崩掉了一个！

**玛利亚**　蛋糕里有什么吗？石头？

　　[米哈伊尔从蛋糕里抠出了一样东西。

　　这是什么？

**米哈伊尔**　徽章。

**玛利亚**　什么徽章?

**米哈伊尔**　普通的,别在胸前的那种。(擦了擦徽章,仔细看起来)

**玛利亚**　上面写了什么?

**米哈伊尔**　这里写着"请爱祖国!"。

**玛利亚**　给我看看。(将徽章拿了过去,仔仔细细地看)"**请爱祖国,母狗!**"——是这样写的!

**米哈伊尔**　最后一个词用别针划上去的。谁在搞笑!

**玛利亚**　很好的城市,是吗?!运动健将?!服务员在哪儿?!米沙,投诉他们!

**米哈伊尔**　玛莎……

**玛利亚**　蛋糕里面竟然还有徽章!简直是胡闹!

**米哈伊尔**　玛莎,服务员哪里不对,餐馆又哪里不对?

**玛利亚**　你又要阻止我?!

**米哈伊尔**　何必为这点小事大吵大闹呢?

**玛利亚**　小事?你觉得这是小事?

**米哈伊尔**　你想想看,这蛋糕不一定是在这里做的,肯定是供应商送来就这样了。看,你的冰激凌要化了,快吃。

**玛利亚**　碰都不想碰,还吃!烦透了!一切都烦透了!

**米哈伊尔**　什么事让你这么厌烦?

**玛利亚**　鬼城市,破集体宿舍!……还有你,总是阻止我干这个,阻止我干那个!我求求你,我们离开这儿吧!我快被逼疯了!

**米哈伊尔**　闭嘴,母狗!

**玛利亚**　你说什么?

**米哈伊尔**　我说:闭嘴,你这该死的母狗!

**玛利亚** （哭了起来）你……原来你也不过如此。我原本以为你会和其他人不一样，原来是这样俗不可耐！每天，上班、拿工资、下班、吃饭、睡觉……和其他人毫无两样，庸俗得不能再庸俗！一点没有自己的东西！

**米哈伊尔** （拿起餐刀，对着玛利亚的脸）母狗，你到底想要什么？啊？怎么对什么都不满意？

**玛利亚** 米沙，你要干吗?!

**米哈伊尔** 你，你这母狗，才是最蠢、最俗的人。你有的只是平面的直线思维，整天说的要么是钱、抹布、疾病，什么窗帘、鞋子、薄饼、储物柜，等等，思想毫无深度，因为你内心就是空虚的，你活着，没有一点崇高的思想境界。

**玛利亚** 米沙……

**米哈伊尔** 你还不光只是个普通的俗人，你现在还没有了子宫。你就是一只普通的还不能生育的母狗。

**玛利亚** 米沙，你怎么了?!我们之间怎么了?!

**米哈伊尔** 还有，就连你那子宫也是最普通的，一般般的，我厌烦它。真高兴，它终于被切除了。

**玛利亚** 米沙，你听听，我们在说什么！你自己在说什么！我认不出你来了！

**米哈伊尔** 另外，你知道吗，那个女人被打，我是多么喜欢！眼睛下面浓浓的眼线……嘴唇上面鲜红的口红……我一辈子也忘不了！我真喜欢。我对你说了很多谎话。

**玛利亚** 求求你，把刀子拿开，你会刺伤我的！

**米哈伊尔** 没错，就是要刺伤你，破你的相，在你这张普通的呆板的脸上划出一条痕又一条痕才好呢！我完全有权利这么做！知道为什么吗？因为我的内心有着你没有的东西。伟大的、了不起的思想！（跳膝盖舞，然后将徽章递给玛利亚）别上，母狗！

**玛利亚**　但是，米沙……

**米哈伊尔**　别上，别到胸前，好让我看得见，快别上，你这条母狗！

　　　　　　⌈玛利亚将徽章别到胸前。

　　　不准摘下来！一直戴着，直到你死！听见没有，畜生！

　　　　　　⌊玛利亚哭着跑向出口。

　　　（拦住她）玛莎，对不起！我自己都不知道自己到底怎么了！原谅我，别生我的气！

**玛利亚**　放手！

**米哈伊尔**　原谅我，这种事不会再发生了！我发誓！我自己也不想这样的！

**玛利亚**　别碰我！放手！

**米哈伊尔**　玛莎！……

　　　　　　⌈玛利亚跑出了餐馆。米哈伊尔回到餐桌前坐下。女服务员从门帘后面走了出来。

**女服务员**　（走到米哈伊尔跟前）有人请您去另一个包厢。

**米哈伊尔**　谁啊？

**女服务员**　您过去就知道了。

　　　　　　⌈米哈伊尔走到门帘前，掀开门帘，进入另一个房间。那里，餐桌上，已摆好了饭菜。侦探，和往日一样，还是穿着那身黑西装，戴着那副黑眼镜，坐在餐桌前狼吞虎咽。墙上贴着尼基塔·卡拉什尼科夫的宣传画，他似乎在宣传着什么。

**米哈伊尔**　晚上好。

**侦探**　您怎么了？您的牙怎么了？

**米哈伊尔**　刚才崩掉了一个。

**侦探**　真糟糕！

**米哈伊尔**　小事一桩，不值一提。（跳膝盖舞）

**侦探**　请坐。（将一张单据和一支笔放到米哈伊尔跟前）工作找到了吗？

**米哈伊尔**　找到了，在一家方便面厂上班。您是知道的。

**侦探**　工作怎样？同事们怎么样？累吗？

**米哈伊尔**　您知道的，我爱这个工厂，这就说明了一切。

**侦探**　请签字。

　　〔米哈伊尔签了字。服务员走了进来，将账单放在侦探面前。

　　（仔细核算账单，随后在几个口袋里来回翻找）见鬼！怎么会有这种事。

**米哈伊尔**　怎么了？

**侦探**　该买单……我竟然忘记带钱了，上帝真像是故意为难我。您带钱了吗？

**米哈伊尔**　带了，等一下。（从口袋里掏出几张钞票）今天刚发了工资。您要多少？

　　〔侦探一把拿走米哈伊尔手中全部钞票，付了账，女服务员下场。

**侦探**　（将剩余的钱收入口袋中）别担心，这些钱是祖国的需要。
　　刚才吃饭花的钱，我以后定会如数奉还。

**米哈伊尔**　可是……那是我的工资啊。

**侦探**　我都说了，以后会还的。

**米哈伊尔**　我明白，但您自己想想……

**侦探**　您这是不信任我？

**米哈伊尔**　另外，我这里……（拿出一张纸）我算了算近期的住
　　房开支，您答应过会有百分之五十的补贴。

**侦探**　也是以后。

**米哈伊尔**　还有，之前您承诺过的优待，有轨电车票和免费挂号
　　看病的票……

**侦探**　有问题吗？

**米哈伊尔**　这里没有有轨电车，连电车轨道都没铺。

**侦探**　这个，以后一定会铺的，我保证。

**米哈伊尔**　挂号看病的票也有点奇怪……

**侦探**　我不懂您的意思。

**米哈伊尔**　这些票是看免疫科的。

**侦探**　免疫科医生没有给你开点什么？

**米哈伊尔**　这里根本就没有免疫科医生，从来没有过。最好能给
　　我几张挂号看牙齿的票，免费装个假牙。

**侦探**　不给。想都别想。

**米哈伊尔**　为什么？

**侦探**　难道您以为就您一个人为我们服务？像您这样的人，有成
　　千上万！他们都为我们服务，都爱祖国，都指望获得优待。

但是，岂能人人都能如愿以偿！挂号看口腔科的票已经发完了。不想去看免疫科，不应该，那是您的事。

**米哈伊尔** 想去。可是这里没有啊。

**侦探** 我再一次提醒您注意合同中重要的一点，在这里，（指着合同）"无论何时，无论处于何种情况，我都应该热爱祖国"。米哈伊尔，我有点不太喜欢您了。

**米哈伊尔** 为什么？我做什么了？

**侦探** 据我观察，您开始怀疑了。

**米哈伊尔** 怀疑什么？

**侦探** 怀疑我，怀疑我的话，还有我们共同为之服务的事业！

**米哈伊尔** 没有！不是这样的！

**侦探** 我甚至不想推测……或许，您也开始怀疑祖国了？嗯，嗯？米哈伊尔。

**米哈伊尔** 不，您的观察有误！您看！（跳了一下膝盖舞）您听，什么优待，都见鬼去吧，我通通不要了，您忘了这些吧！只要增加退休金还保留着就行。至于有轨电车，既然您说了以后会有，那就一定有，我等就是了。我刚才说的话，您千万别多想。您是知道的，我这个人，老实可靠，一心忠于我们的事业，一直都照合同办。只是内心很痛苦……儿子死了，妻子没了子宫……

**侦探** 您儿子还活着。

**米哈伊尔** 对不起，您说什么？

**侦探** 他现在在一个专门机构里。

**米哈伊尔** 我儿子吗？不可能。我们亲手埋葬了他。

**侦探**　人家给您的死婴，是别人的孩子。您的儿子，我再强调一遍，好端端地活着。只不过，智力发育会有点迟缓。他的大脑受过损伤。如果您还记得的话，他头部被鞋后跟踩过。

**米哈伊尔**　鞋后跟？脑损伤？您怎么会知道什么鞋后跟等这些细节？哎呀！……

**侦探**　那个把孩子摔到地上的助产士、麻醉师等都是我们的人，他们都是按下达的任务做的。

**米哈伊尔**　我被您说糊涂了。为什么要这样？！

**侦探**　首先，您自己并不知道，哪种情况对您的儿子更有利。即便他出生时一切正常，也不一定以后就不出问题。而处于现在这种状况，他却可以平安无事。无论如何，只要他心里爱祖国，就永远不会出问题。其次，至于您，我和您也都明白，当生活安逸、妻子健健康康、孩子白白胖胖时，这时候爱祖国是轻而易举的事；而如果不幸接踵而来，猝不及防，就要难得多了。但也正是在这样的处境下，才能检验您感情的真伪。您懂我的意思吗？

**米哈伊尔**　我懂，完全理解。

**侦探**　好，既然已经提到了，那就索性打开天窗说亮话。把开诚布公进行到底。您妻子感染病毒，也是我们有意为之的。

**米哈伊尔**　什么？！她也是？！

**侦探**　而且，她的子宫本来是可以完好无损地保留下来的。但我们的人被当作外科医生来用了，他直接将子宫连同其他组织一起切除了，一劳永逸。当然，您的妻儿没有过错，本来可以不碰他们半点毫毛。但是，请问，如果不这样，我们该如何感化开导您？如何才能断定哪个对您来说是第一位的，是对祖国的爱呢还是职务优待呢？

**米哈伊尔**　上帝啊！

**侦探**　我说过，我们的人无处不在，他们一次一次地抽查您，一次一次地考验您，大大小小不愉快的事都有，比如，在您来这里时乘坐的火车上，我们的人，就是那个列车员，故意塞给您过期的食品和别人用过的被褥。

**米哈伊尔**　可是为什么要这样？！

**侦探**　也都是一些小事，只是为了测试您会如何反应。而蛋糕里的徽章呢？

**米哈伊尔**　也是你们？！

**侦探**　我亲自塞到蛋糕里去的。

**米哈伊尔**　骂人的话也是您用别针刻上去的？

**侦探**　就是开个玩笑，我以为您会点赞的。

**米哈伊尔**　为什么一定要这样？就不能让我在爱祖国的同时又好好地生活吗？

**侦探**　把这药吃了。

**米哈伊尔**　什么？我没听懂。

**侦探**　（拿出一个小瓶子，倒出一片药，倒了一杯水，递给米哈伊尔）来，请吃药。

**米哈伊尔**　我什么也不明白！

**侦探**　（拍桌子）吃！

　　　　〔米哈伊尔吃了药。

　　　　我们十分需要像您这样的人，您已经进入我们的"苦命人"序列了，这是一个非正式的称呼。我们用各种方法感化开导您，您的生活一天天走下坡路，您周围的人都有目共睹，我相信，他们一定为您感到难过，但是他们又看到，您没有屈服没有垮掉，您对祖国的爱一刻不曾中断。您知道吗？您的榜样鼓舞着周围成百上千个人。我并非故意要您伤心，与您过不去。药还需要吗？

**米哈伊尔**　对不起，请原谅，我……说实话，我不适合继续做这个，我精神上没有准备好。

**侦探**　您觉得太残酷了？

**米哈伊尔**　在哪里可以签字？我想中止合同。我会一直爱祖国，但同您的合作……

**侦探**　关于您妻子的事，我还没说呢。

**米哈伊尔**　她怎么了？

**侦探**　您把手机拿出来。

**米哈伊尔**　又切除什么了？！

**侦探**　把您的手机拿出来，拿出来吧。

　　　　[米哈伊尔掏出了手机，铃声立即响了起来。侦探按了接听键，并打开了外音。

**声音**　（从电话那边传来）喂，是米哈伊尔·泽姆佐夫吗？

**米哈伊尔**　是我。

**声音**　这里是市停尸所，您妻子的尸体刚刚运到这里，她在你们居住的宿舍厕所里上吊自杀了。

**米哈伊尔**　您怎么能确定她就是我妻子？！

**声音**　邻居们证实了。

**米哈伊尔**　他们可能弄错了，也可能是故意惹我生气。

**声音**　她的腹膜上有新的伤疤，以前有过吗？

**米哈伊尔**　这样的伤疤每个人都可能会有。

**声音**　胸前别着一枚徽章，等一下……"请爱祖国"。您是否记得她戴着这样一枚徽章？

**米哈伊尔**　可能，上面是不是写着"请爱祖国，母狗"？

**声音**　是的，这句话是加上的。您是否过来辨认一下？明天上午能来吗？

**米哈伊尔**　好的，谢谢。

　　　　〔电话中断。

　　　　这也是你们把她套上上吊绳的？

**侦探**　瞧您说的！那可是您自己逼她的。您自己想想，是谁对着她大吼大叫，还挥舞着餐刀。

**米哈伊尔**　请问，你们是只招收"苦命人"吗？有没有那种既热爱祖国，同时又过着幸福生活的人？

**侦探**　有，我们称他们为"幸运儿"。（指了指墙上运动员的宣传画）他，就是其中的一个。他们也像您一样，每月都会在工作报表上签字。和您不同的是，在我们工作人员的帮助下，我们尽一切可能为他们营造更好的生活。这些人的作用也和您不一样。他们以自己个人的表率作用向周围人展示：如果你热爱祖国，你的一切都会变好。通常，大多数人都过着平淡的生活，只是偶尔会好一点或者差一点。当生活差一点时，人们看看像您这样的人，心里会得到一些安慰；当生活好一点时，人们再看看那些"幸运儿"，真心盼望着，只要继续安分守己、忠于祖国，总有一天，他们也可以过上那样美好的生活。不过，也不一定，因为他们毕竟没有用合同和我们捆绑在一起。

**米哈伊尔**　那么，我能否上升到"幸运儿"这个序列呢？怎样可以得到晋升？

**侦探**　不行。那里名额有严格的限制，已经排队到以后很多年了。"幸运儿"人数很少，不需要很多人。您也知道，近来，大多数人的生活都每况愈下，这已成了一种趋势。因此，对"苦命人"的需求从来没有这么迫切。顺便，要提醒您一下，如果您决定中止合作，那么您将会一无所有。

**米哈伊尔**　为什么？

**侦探**　撕毁合同之后，自然而然地，您就等同于仇恨祖国的人。并且，由于惯性，您将必须承受更多的苦难，比如疾病，亲朋好友的死亡……也就是说，不管怎样，您最终都还是会成为一个"苦命人"。明白吗？我希望，您不要匆匆忙忙做出决定。同往常一样，我仍然会在下个月月底来找您。再见。（起身，推了推墙）

　　〔墙上的一扇暗门打开，侦探在门后消失了，门又和墙合为一体。米哈伊尔回到了大厅，坐到餐桌旁，抽起烟来。

　　〔尼基塔·卡拉什尼科夫走进餐馆，在远处角落里的一张桌子旁坐下。女服务员跑了过来。

**女服务员**　您好，请问需要点些什么？

**卡拉什尼科夫**　来点冷饮，喝一点。

**女服务员**　就这些吗？

**卡拉什尼科夫**　是的。

**女服务员**　对不起，请问您是不是运动员尼基塔·卡拉什尼科夫？

**卡拉什尼科夫**　您认识我！我来参加一场国际比赛，顺路到童年时去过的街道上逛逛。

**女服务员**　给我签个名可以吗？

　　　　〔卡拉什尼科夫在便条簿上签了名。

　　　　合个影可以吗？（凑到卡拉什尼科夫身旁，用手机拍了照片）

　　　　哇！晕了！谢谢！（下场）

　　　　〔米哈伊尔走了过来，靠近卡拉什尼科夫坐下。

**米哈伊尔**　可以吗？

**卡拉什尼科夫**　您也要签名吗？

**米哈伊尔**　是，也不是。

　　　　〔女服务员端上了汽水和杯子。

**卡拉什尼科夫**　非常感谢。

　　　　〔服务员离开，向吧台走去。

**米哈伊尔**　想问您一个问题。

**卡拉什尼科夫**　什么问题？

**米哈伊尔**　做"幸运儿"是一种什么样的滋味？

**女服务员**　（小声地对着手机说）哈罗！托利亚内奇，沃维奇和你在一起吗？说出来你们都不信，尼基塔·卡拉什尼科夫现在就在这里！……对啊，就是那个运动员，奥林匹克运动会运动员！……对，对，对！……（继续低声说着什么，听不清楚）

[卡拉什尼科夫仔细打量着米哈伊尔。

**米哈伊尔**　从某种意义上来说，我们还是同事呢，我也在为国家做事。您看。（跳膝盖舞）看到没？您不需要提防我。

**卡拉什尼科夫**　您想想要干什么？

**米哈伊尔**　我和您的职责完全不一样。您是"幸运儿"，而我……看到没？（给卡拉什尼科夫看牙齿）就在二十分钟之前断了。妻子的子宫也被切除了。

**卡拉什尼科夫**　我对您深表同情。

**米哈伊尔**　没事，反正她已经上吊死了，无所谓了。

**卡拉什尼科夫**　我可以为您做什么？

**米哈伊尔**　我就是想问问您，在享受幸福安康生活的同时也爱着祖国，这大概是一种不可言传的快乐吧！你这一档次的人，就像是生活在天堂里，是不是？有点像这样的，对吗？

**卡拉什尼科夫**　到底什么是祖国，您有透彻的了解吗？

**米哈伊尔**　不了解，但是我爱祖国。

**卡拉什尼科夫**　我曾经也很爱她。

**米哈伊尔**　曾经？！

**卡拉什尼科夫**　我一直深深爱着她，直到我开始思考两个问题：到底什么是祖国？祖国在哪里？

**米哈伊尔**　听着，应该有人跟您说过……您应该明白，祖国，她只是一个抽象概念，实际上是不存在的。但是，就算是这样……

**卡拉什尼科夫**　好，就算她只是一个抽象概念，就算她只是我们个人的幻想，不切实际的空想，只是一个原始象征、微分方程，这并不重要。但是在这个抽象概念中，至少应该有点什么能让我相信的东西，对我是宝贵的东西，能让我真正爱上她的东西，我有权爱我相信的东西吧？

**米哈伊尔**　是的。但是……

**卡拉什尼科夫**　好，让我们来讨论一下，放飞我们的思想。我们的思想眼下还是自由的，我们来思考一下。那么，或许，祖国是地球的一部分，是一片以国界线为轮廓的领土？

**米哈伊尔**　我想，是这样的，没错。

**卡拉什尼科夫**　但是，一纸所谓高层决议便可以随便将这块领土分割、租赁、买卖、馈赠……谁都不会来问我同意还是不同意。结论很明显，这片领土不属于我。也许，不管怎么说，这不完全是我的祖国，还有什么？国歌？它也鼓舞不了我。

**米哈伊尔**　您可是运动员啊！您听到国歌的时候应该感动到流泪才是！

**卡拉什尼科夫**　当我听拉赫玛尼诺夫的钢琴演奏会的时候，伴着《月光奏鸣曲》我可能会哭……但如果普通的乐曲和豪华的乐曲混杂在一起配上还是那样的歌词，还要让我听着流泪……对不起，我真的无法理解。接下来还有什么？国旗吗？也不值得对它抱有什么幻想，只不过是一面普普通通的彩色绸缎。任何一个傻瓜或者不可救药的坏蛋都有资格挥舞国旗，而且脸上的表情无比虔诚，直至精疲力竭。大概，这也不完全是祖国，而应该称作"标志物"。那么，什么是祖国？祖国又在哪里？

**米哈伊尔**　是啊，在哪儿？

**卡拉什尼科夫**　祖国可能在我们的文学经典著作中，在我们的音乐中吗？但是，这些早已属于全世界。在这个国家里也未必还能找到那么多的人实际上还关心着这些。

**米哈伊尔**　啊，你说的这些话，十分确切。

**卡拉什尼科夫**　我曾经想象过祖国可能就在我身边，她是一个我熟悉的、让我感到舒适并有安全感的地方，比如，我的房子，我把它装修一新配套齐全。为了让我的家人——妻子、孩子能够吃得饱、穿得暖，所有人都健健康康，我安装了防盗门和报警装置，为的是将各种各样可疑的人挡在门外，这些人会大摇大摆地不请自到，着手偷走电视机啊，吸尘器啊，电脑啊，动手左右开弓打我妻子的下巴逼她说出存款放在什么地方。一句话，我想尽一切办法，就是为了给家里营造一个舒适的环境。目前看来，多多少少做到了这一点。我想象着，我的祖国和国家像是一座大家园。我们生活在这里像一个大家庭。每个人，包括我，都各尽所能使这个大家庭舒适、富足、安宁。但不知何时开始，我已不再有这种感觉。我觉得这座大厦不再属于我，我怎么说怎么做也于事无补，无所作为。我觉得我的家门大敞，风穿过破碎的窗户呼呼叫，无赖们穿着肮脏的鞋子，在我家里四处乱窜。他们像主人一样伸开四肢，懒洋洋地躺在圈椅上；他们往水晶玻璃花瓶里随意吐痰；他们直接在地板上踩灭烟头；有的人站在我身后，手里拎着一捆偷来的家什；有的人在厨房里呕吐……而我却无能为力！这些贼头贼脑的人让我坚信，正如人家所说：是的，这房子还是我的，但里面的混乱不堪和公然的抢劫也是合乎常情的。"别激动，尼基塔，一切都好极了嘛！"

**米哈伊尔** 请问，您真的是运动员吗？一直都是？

**卡拉什尼科夫** 我大学里学的是数学专业。之所以会成为跑步运动员并参加奥运会，只是因为对这个国家来说，我的双腿比大脑更重要罢了。

**米哈伊尔** 但您可是"幸运儿"呀。

**卡拉什尼科夫** 告诉您，我来这个城市，是要去我们生活过的地方看看。我，妈妈，爸爸……我们家的院子里长着一棵老杨树，有结节的树干，皱皱巴巴的树皮，修剪树枝的地方结了树疤，夏季总会有一种褐色的、刺鼻的又酸又涩的汁液从那里渗出来。五月金龟子纷纷飞过来，挤来挤去成群地吸附在这汁液上……阳光映照在五月金龟子珍珠光泽的背上，珠光粼粼的一片……我总是会梦见父母亲的故居，院子里的老杨树，阳光下，五月金龟子在空中飞来飞去，背上散发着微微发苦的树脂的气味……还有一个塑料小玩意儿，不知道为什么也总会出现，看起来像是一个刷地毯用的掸子，上面有个彩色薄膜做的螺旋桨……我拿着它跑，它嗖嗖地转，它嗡嗡地响……那时，我是多么殷切地希望，这就是我的祖国，我终于找到了祖国！您知道，这次我发现了什么？

**米哈伊尔** 什么？

**卡拉什尼科夫** 我童年时代的房子被拆了。老杨树被齐根砍断了。就因为有人要修一个车库，地皮不够用。就这样，完了，我的祖国没了。我的祖国已是一个砖砌的车库和一辆进口汽车。

**米哈伊尔** 您说的一点没错！的确，童年的回忆，那是……

**卡拉什尼科夫**　现在您该明白了吧？祖国早已不复存在。就是抽象的祖国、幻想的祖国，她也已经不复存在。如今，有的只是又长又臭的无穷无尽的骗人的鬼把戏，就像是被敲坏的手摇风琴发出的吱扭吱扭响声，没人要看，没人要听。祖国剩下的只是一些断垣残壁，每逢节日，匆忙将它们刷刷白涂涂彩，装点一番。岂不知，早已是金玉其外败絮其中，只不过是让某些人乘机谋取私利罢了。我的祖国已经被锯倒当柴烧，而我却还被灌输一些不真实的思想，被逼着像个白痴一样不断地去重复那句"我爱祖国，我爱祖国……"但祖国是什么？祖国意味着什么？祖国是什么样子？

**米哈伊尔**　唉！关于这些我本来不应该说什么，唉……像您刚才说的，真是一点没错！

**卡拉什尼科夫**　在这个称不上为祖国的抽象概念里，我很郁闷！仿佛是在一个装满灰尘的密封袋里喘不过气来！我不能忍受这个国家，这见鬼的国家，见鬼的城市，这荒诞名称的城市！

**米哈伊尔**　就是！

**卡拉什尼科夫**　这里的人也都是些卑躬屈膝、趋炎附势、妒贤嫉能之流。

**米哈伊尔**　对！

**卡拉什尼科夫**　我讨厌他们那副假仁假义的嘴脸，吝啬的作风，连幽默都不会！开起玩笑来要么就是说谁肿得像猪一样，要么就是谁又啪地打了谁一下！

**米哈伊尔**　就是！

**卡拉什尼科夫**　还有，善良啊，良心呀，讲了一大筐一大箩……可是这世上最残酷的罪行也就发生在这里，在这个该死的小城！每讲两句话就要重复一句"他妈的"！简直就不是人，是野蛮人！……

〔女服务员站在吧台旁，她一直留心地听着卡拉什尼科夫说话，打着电话。

**女服务员**　（小声地对着听筒说）哈罗，托利亚内奇，沃维奇……快到这里来浪，长话短说吧，那奥运选手在岔那些话题……实在是，我的亲娘哎！……（继续低语，听不清）

**米哈伊尔**　（表情震惊）那么，您名义上是"幸运儿"，但实际上……怎么说呢……

**卡拉什尼科夫**　看到了没？墙上的宣传画。那上面的我笑得很开心，似乎一切都 very good。那都是鬼把戏，错觉。这是个玩鬼把戏和含含糊糊的国家。（丢一张钞票在桌子上，站起来）

**米哈伊尔**　但是，如果当您找到了祖国……当您明白，不论怎么，她是存在的……请问，您还会爱她吗？

〔咖啡馆的窗户外有车灯闪烁，听得出，是有汽车开过来。

〔托利亚内奇和沃维奇走进餐馆，这是两个穿着运动服的痞子。看到卡拉什尼科夫后，二人开始交头接耳。

**托利亚内奇**　（欣喜若狂）瞧，沃维奇，卡拉什尼科夫在现场！

**沃维奇**　（阴沉地）装什么大牌，蠢猪。

〔二人走向吧台，和女服务员耳语起来。米哈伊尔和卡拉什尼科夫并未在意刚走进来的两个人，继续交谈。

**卡拉什尼科夫**　我很想去爱她，奉献我全部的力量……但是我不愿意别人把这份爱踢给我，又在我的腰上再踏上两只脚，而我还要不停地撒谎，说假话……我已经厌倦了，我是实话实说。

**米哈伊尔**　我完全理解您。

**卡拉什尼科夫**　再见。祝您成功。（走出咖啡馆）

　　〔两个痞子紧随其后。其中，一人从口袋里掏出铁拳套，套在手上，另一个人从上衣里掏出一根棒球棍。他们走出了咖啡馆。窗户外传来隐约的叫喊声、打击声，继而是关车门的声音和马达发动的声音。车灯灯光在窗户上闪过。米哈伊尔仔细倾听着窗外的声音。服务员走到餐桌旁，收走了杯子和钱。

**米哈伊尔**　这两个人是谁?! 外面怎么了?!

**女服务员**　好了，别激动! 您不要多管闲事。不过是有人在稍稍教训一下某人，教他怎样做人。

　　〔米哈伊尔跑向门口，打开门，朝夜色中望去。外面传来呼啸的风声。

**米哈伊尔**　这里躺着一个人! 天哪! 一摊血! ……是他! 幸运儿!

**女服务员**　淡定。您走您的路，就当什么都没看见。我也什么都没看见。相信我，这样最好。

**米哈伊尔**　叫救护车! 快! （跑了出去）门"砰"的一声关上了。

**女服务员**　啊哈，快，快溜吧。（走向墙边，取下卡拉什尼科大的宣传画）

[似乎是在羊拉肚子城的街上。风嗖嗖地刮着，被风吹卷起的报纸碎片和空塑料袋沿着柏油马路漫天飞舞。"祖国"咖啡馆的招牌下方，咖啡馆的灯光透过窗户映射在马路上，卡拉什尼科夫躺在那里。

**米哈伊尔** （伏下身急切地问）发生什么事了?! 他们打你了?!

**卡拉什尼科夫** 我的双腿! ……

**米哈伊尔** 他们打断了您的双腿! （摸了一下他膝盖）

**卡拉什尼科夫** （呻吟着说）别碰我! 走开!

**米哈伊尔** 这些浑蛋，知道您是跑步运动员，故意打您的腿。腿可是您的一切啊。

**卡拉什尼科夫** 走开!

**米哈伊尔** 您忍一忍，救护车马上就到了。可恶的鬼城市!

**卡拉什尼科夫** 我说了，放开我!

**米哈伊尔** 您的头……天哪，全是血! 流氓，狗杂种! 该死的国家!

**卡拉什尼科夫** 闭嘴! 滚开!

**米哈伊尔** 为什么? 我只是想帮帮您。

**卡拉什尼科夫** 下贱! 小人!

**米哈伊尔** 对不起，我不明白您在说什么。

**卡拉什尼科夫** 你不配爱祖国。

**米哈伊尔** 什么意思……那您刚才为什么说那些话? 说到国旗、国歌的……还说这里的人都很愚蠢……

**卡拉什尼科夫** 我这是在故意考验你。果然，你是个小人。你所谓的爱祖国，都是欺骗，都是假冒。

**米哈伊尔**　您设下这一切是为了考验我?! 您的腿都被打断了呀! 难道是假装的? (拉了一下卡拉什尼科夫的腿)

**卡拉什尼科夫**　(呻吟着说)你不会明白。我是有意这么做的, 故意说那些憎恨祖国、蔑视祖国的话。我很清楚, 他们要致我残废的。祖国, 她就是一只掉了毛发的看家老狗, 还有些变态。经常有人踢她的肚子。它的内心有种莫名的极度的恐惧心理, 所以它很容易发脾气, 寻衅闹事甚至不可控制。我就是为了这个爱她。你知不知道, 这些打我的人, 就是祖国, 他们是祖国的一部分。我流的血, 这些街道, 房屋, 还有我承受的痛苦……这一切都是祖国。能狠狠地挨祖国几巴掌, 这是最高的奖赏, 最大的满足, 你好好想一想吧! (停顿)他们难道没和你说吗?

**米哈伊尔**　说什么?

**卡拉什尼科夫**　一开始我们只是在心中默念"我爱祖国", 然后我们便会虔诚地爱上她……

**米哈伊尔**　这我知道。我现在正是处于这个阶段。

**卡拉什尼科夫**　但是, 所有一切都没法和接下来的一个阶段相比。

**米哈伊尔**　接下来一个阶段是什么?

**卡拉什尼科夫**　下一阶段中, 需要我们故意地、有目的地破坏自己井井有条的生活, 使得内心不得安宁、使健康的身体垮下来, 等等。这样做都是为了爱祖国。你必须去爱那些脏兮兮的街道, 沾满唾液的人行道, 小便随处可见的门洞楼道……爱那一张张忧郁怨恨的脸……连他们羸弱的呼吸声和文身的手也要爱……你不配做这些! 你这废物, 卖国贼! 快滚!

**米哈伊尔** 但我爱祖国!

**卡拉什尼科夫** 别撒谎了!

**米哈伊尔** 真爱!

**卡拉什尼科夫** 够了! 走开! 滚!

**米哈伊尔** (抹着眼泪往后退去)我爱祖国!!!我爱祖国!我爱祖国!我爱祖国!(转身跑进一个胡同)

　　〔他疲惫不堪,沿着胡同跌跌撞撞地走了一段路之后停了下来,用头撞房子的墙,然后又撞墙,然后又用尽全身力气跑起来。他摔倒了,爬到一个垃圾桶旁边,想把头整个儿塞到垃圾桶里去。他大把大把地往外掏垃圾,撒在自己身上,找到一块别人吃剩的东西塞到嘴里,忍住呕吐。

　　〔两个民警沿着胡同走向米哈伊尔。

**2 号民警** 你怎么回事? 躺着干吗?

**1 号民警** 喝醉了还是怎么的? 小子。

**米哈伊尔** 我想躺就躺! 关你们什么事?

**2 号民警** 你说什么?! 竟敢顶嘴!

**米哈伊尔** 该说什么就说什么! 你们这些丑鬼,垃圾,呸!

**1 号民警** 什么?! 你再说一遍!

**米哈伊尔** 听好了! 我说,你们都是垃圾,黑心狼!

　　〔两个民警用警棍打米哈伊尔。

　　　对! 就是这样! 打得好! 打得好!

**1 号民警** (停下来)我看,这就是一个疯子。让他见鬼去吧。我们走。

　　〔两个民警都停下来,歇口气。

**米哈伊尔**　来，接着打！打死我吧！狗娘养的！垃圾！

　　　　〔2号民警扑向米哈伊尔。

**1号民警**　（拦住了他）算了，放了他，我们走。

**米哈伊尔**　怎么，狗娘养的，怕了吗？

**1号民警**　小兔崽子，别发火。你知不知道这是神经十分紧张的工作，得罪了老警，可有你好果子吃。别发火，我说。

**2号民警**　干脆，用电棍送他上西天？打死这个无赖！

**1号民警**　让他见鬼去吧！

**米哈伊尔**　来呀，打呀！打死我！可别错过了这么好的机会，屎东西？！

**2号民警**　（扯米哈伊尔的裤子）我这下就让你瞧瞧，谁是屎东西！我这下，就让你瞧瞧！……

**1号民警**　（拉开同事）好了！我们走吧！

**2号民警**　我这下就让他看看。

**1号民警**　走啦！不值得！

　　　　〔他说服了2号民警，两人离开。

**米哈伊尔**　（站起来，好像被脱了裤子慢吞吞地跟在两个民警后面）该打！不是想打死我吗，来呀，打呀！我准备好了！（停下脚步，在他们身后喊）我爱你，祖国！你听见了吗？我爱你！

　　　　〔两位民警拐了个弯，消失不见了。米哈伊尔提起了裤子，走向相反的方向，转到另一条街。前方不远处，在昏暗的路灯下，有一个带雨棚的公交站台。一位衣衫不整臃肿不堪的大妈正躺在站台的长椅上，身下垫着报纸。米哈伊尔走了过去，在她身边坐下。

**大妈**　你想干吗？要强奸我吗？

**米哈伊尔**　不是，就是太累了，坐着休息一会儿。

**大妈**　那为什么敞着裤子？

**米哈伊尔**　我这就拉上。

**大妈**　真的拉上吗？

**米哈伊尔**　真的，我想都没想过那事。

**大妈**　好，那你坐吧。要不，我们说说话，交往交往？年轻人。不然的话，我躺在这儿，有点……我身边总是人来人往，但又像没人似的，所有人都看不起我，抛弃我。（从怀里掏出一个瓶子，里面装着颜色混沌的酒，猛地喝了一口）要不要来一口？

　　〔米哈伊尔（嘴对着瓶口）喝了一口。

　　听过这首歌吗？"我这个女小贩啊真是命苦，在阴雨绵绵不幸的夜晚也倒霉无数，你快快用身体来给我呵护……"——有没有听过？

**米哈伊尔**　没有。

**大妈**　老歌了，很久之前的。现在的人早已不唱这种歌了。但这样的歌，唱的可是贫苦的生活，不幸的命运啊。我记得，我曾和一个鞑靼人生活过一些日子。呵，就连他也来欺负我！逼我做这个逼我做那个，强迫我上班……我白天洗衣服，晚上做保姆，还要去诊所里给人家擦地板……所有的工资都上交给他。他却坐在沙发上，跷着二郎腿，大口大口喝着啤酒。后来，我又遇到了一个德国人。戴着一副细框眼镜。本以为，他会文明一点。结果，也不是什么好东西。每天喝得醉醺醺地下班回到家不说，还用烟头烫我。我恳求他："卡尔鲁沙……"他叫卡尔·伊戈尔维奇……"卡尔鲁沙，我说，疼死我了，这可是烟头啊！"但他却朝我吼叫："闭嘴，臭婆娘。你也只配做我的烟灰缸和痰盂。"接着就是一口唾沫啐到我脸上。你说，这些人，就不能像个正常人那样好好说话吗？就不能尊重别人吗？啊？那样很难吗？……他们骗走了我的房子。我被撵到街上，只穿了一双破鞋子。我一个人站着。那时是冬天，刮着暴风雪。我站着，我想着："我是什么人？我做什么？我为什么要活着？真理在哪儿，啊？"或许，真理根本就不存在，是不是？你怎么看？年轻人。现在我还是躺下吧。报纸都铺得好好的，躺下喽。要是能找到一个好人该多好，把我搂在怀里，温暖我……要知道，我要是好好洗漱一番，梳个时髦的发型，修修手指甲、脚指甲，再去读完十年制的夜校，那可绝对是个大美人呢！呵！看来，地球上没有这个人喽。所有人都想占我点便宜，得手之后，都卑鄙地抛弃我。（停顿）你真的不想强奸我？

**米哈伊尔**　您知道什么呀？

**大妈**　什么？

**米哈伊尔**　您愿意我爱上您吗？

**大妈**　爱我？！

**米哈伊尔**　对。想不想我现在就吻？

**大妈**　你开玩笑吧？我身上可是一股臭味，好多天没洗澡了。

**米哈伊尔**　没关系，您是怎样就怎样。我喜欢您。

**大妈**　真的，是这样吗？就这样吻我一下？

**米哈伊尔**　对。

**大妈** 可我……我这还有胡须，很久没刮了。

**米哈伊尔** 没什么难为情的。

**大妈** 还有，我的扁桃体化脓了，一嘴的臭味。这你难道也不嫌弃？

**米哈伊尔** 没事，我受得了。

**大妈** （抱住米哈伊尔，开始吮吸他的嘴唇）能不能来个法式的接吻？舌吻？

**米哈伊尔** 来吧！快点！

**大妈** （再次吮吸米哈伊尔的嘴唇，用他的手在自己身上乱摸）亲我，亲我，年轻人！再亲一下！贴紧一点！

　　　　〔米哈伊尔狂吻她的脸颊和脖子。

　　　　哦！亲爱的！我的亲亲！……对，就这样！好！

　　　　〔米哈伊尔蹲下，他的头钻到大妈的裙子里，但立即又探出头来，贪婪地呼吸着新鲜空气。

　　　　一定是很难闻吧？你要不……没事，那就不做那个。

**米哈伊尔** 我爱你！我是爱你的，你记住！（隐身在裙子里）

**大妈** 亲爱的！我的小冤家！你真是太好了！爱我！爱我！

　　　　〔米哈伊尔又一次露出，他感到疲倦，下巴靠在大妈的膝盖上。

　　　　（大妈抚摸着他的头，说道）对，就这样，年轻人。爱我，不要不好意思，不要看不起我。不管怎么说，我也是个人，一个单身女人。哎呀，你头上这是什么？血？你是在哪儿摔倒碰破了吗？我能不能给你……来吧，我给你舔一舔。没事的，别害怕。（开始舔米哈伊尔头上的血迹）还有点咸！

（舔着舔着，越来越有劲）

　　　　［米哈伊尔一把推开她，站了起来。

　　　　怎么了？年轻人。是不是想到不好的事情了？别害怕。你的血是有点咸还略带酸味，可我还能干什么坏事吗？来，靠着我，别走，听到没。继续爱我。（跪着爬向米哈伊尔）

**米哈伊尔**　别动。

**大妈**　我不动。你怎么了？年轻人。

**米哈伊尔**　我有一个感觉。刚才感觉到了！

**大妈**　感觉到什么？

**米哈伊尔**　我知道五秒后会发生什么！不知道它从哪个方向来，但我知道，我觉得！太不可思议了！

**大妈**　你觉得什么？你怎么了，啊？年轻人。

**米哈伊尔**　马上就会有一辆有轨电车从这里经过！我敢打赌！

**大妈**　这里从来都没有过有轨电车。我一辈子都生活在这里，我跟你说。

　　　　［远处传来有轨电车驶近的声音。电车到了。米哈伊尔跳上了电车踏板。

**大妈**　喂，你去哪儿？！等一等！

**米哈伊尔**　等不了！我有票呢！（乘车下场）

**大妈**　好啊，滚吧！戆头戆脑的，傻屌！还有脸说"我爱你，我吻你"！呸！（往电车飞驰的方向啐了一口唾沫）你死去吧！你这死孩子！让那些下贱小姐搞死你！让你的五脏六腑都霉烂掉，没心没肝没肺的东西！……（掀起裙子）喂！浑蛋！让我的臭屁熏死你！你这浑蛋！瞎了你的眼，干了你的脑

103

子！……〔她再次往电车飞驰的方向吐了一口唾沫，然后回
到了公交站台；接着，躺下，（对着瓶口）呷了一口酒，开始
低声唱起歌来〕"烧吧，烧吧，我的干呀么干柴火……"（擤
了下鼻涕）"还有我，还有我，让我和你一起烧光吧……"

〔路灯熄灭。


〔似乎是在"祖国"咖啡馆附近。太阳从屋顶下缓缓
升起。

〔米哈伊尔出现了。街道的另一头正走来一个人，穿着西
装，戴着黑眼镜，像是侦探。

**米哈伊尔**　（跑向他）早上好。

**长得像侦探的人**　早上好。

**米哈伊尔**　您知道吗，昨天发生了一件突如其来的事！我终于明
白了：当你专心致志沉浸于对祖国的爱之中……也就是说，
至真至诚地爱，而且越爱越深……你不仅仅会得到一些物质
财富，还会有精神财富。人的一些潜能将会被激发出来。那
些东西，比如先见之明啊、空间事物的物质化啊、心动……
都能实现。

**长得像侦探的人**　就算是吧。

**米哈伊尔**　昨天我还坐了趟有轨电车！您想象一下，真正的有轨
电车啊！一切都和您承诺的一样！

**长得像侦探的人**　有轨电车，这是好事啊。但和我有什么关系呢？

**米哈伊尔**　我觉得，我对祖国的爱可以进入下一个阶段了。现在，
我终于明白我为什么必须经受那些苦难，那都是有用的。知

道吗……我很感激您。

**长得像侦探的人**　感激我什么？

**米哈伊尔**　不知道这又是您故意做的或者不是……但也正是通过这些事，我受益匪浅。您现在就是我的老师！一代宗师！

**长得像侦探的人**　年轻人，您应该是认错人了。您说的，我完全听不明白。

**米哈伊尔**　您不认识我了？是我呀，米沙·泽姆佐夫！您的工作人员。（跳膝盖舞）想起来了吗？

**长得像侦探的人**　对不起，我和您是初次见面。

**米哈伊尔**　可是……

**长得像侦探的人**　对不起，请恕我爱莫能助。

　　〔长得像侦探的人走进了咖啡馆。米哈伊尔呆呆地站着。过了一会儿，他也打开了门。


　　〔似乎，又到了咖啡馆。米哈伊尔走了进来。吧台旁站着的仍然是那个女服务员，她正在对着小镜子抹口红。墙上的宣传画已经不在了。米哈伊尔拉开门帘，往那个包厢里望了望。

**女服务员**　您来点什么？找谁？

**米哈伊尔**　找一个男人，刚刚进来的，戴着黑色眼镜。

**女服务员**　刚才没人进来。

**米哈伊尔**　我亲眼看见他进来的。

**女服务员**　您看错了。

**米哈伊尔**　他可能躲在那里，那边墙上有一个门。

**女服务员**　您在说什么，那就是普普通通的墙，没有门。

**米哈伊尔**　难道您不记得了？昨天晚上您请我去那个包厢。那里坐着一个男人，我的一个熟人。我们聊了一会儿，然后他穿过墙上的门离开了。

**女服务员**　昨天没有人去过那个包厢。而且，我昨天也没有见过您。

**米哈伊尔**　您昨天还为我服务过呢！快回想一下！一开始我和妻子坐在那里，然后我去那个包厢和一个熟人聊了一会儿天。接着，一位奥运冠军走了进来。他被殴打了，就在那里，窗外。我还请您帮忙叫救护车了。难道您都不记得了吗？

**女服务员**　昨天晚上什么事都没有发生呀，我不明白，您到底在说什么。奥运冠军是谁，谁被打了……

　　　　　　［一个人拄着拐杖走进咖啡馆。长得像卡拉什尼科夫。

**米哈伊尔**　看！那就是他呀！那个奥运运动员！

**长得像卡拉什尼科夫的人**　（走到吧台）给我一包"爪哇"牌香烟。

**米哈伊尔**　您昨天来过这里？对不对？

**长得像卡拉什尼科夫的人**　我吗？您可能认错人了。

**米哈伊尔**　您昨天故意离间我和祖国的关系，您自己承认了呀。

**长得像卡拉什尼科夫的人**　我和您说过这些？！

**米哈伊尔**　是的，您说过！当时我们就坐在那张桌子旁边。后来不知道为什么您遭到了别人的殴打。哦，对了，您的腿感觉如何？伤得很严重吗？

**长得像卡拉什尼科夫的人**　我没腿，很多年前就截肢了。（往上提了提裤腿，露出一双假肢）

**米哈伊尔**　这不可能！您可是运动员，跑步运动员！

**长得像卡拉什尼科夫的人**　您这是在挖苦我？

**米哈伊尔**　您离开这个城市很久，昨天您是特地回来看看自己的
故乡，但却发现房子被拆了！

**长得像卡拉什尼科夫的人**　请您相信，我拖着这一双残肢哪里还能
出远门旅行呢。我在羊拉肚子城出生，在羊拉肚子城长大，也
希望将来老死在羊拉肚子城。并且，感谢上帝，我的房子完好
无损。好了，请您别再打扰我。（从吧台拿了烟，往门口走去）

　　　　［这时，有两个人走进咖啡馆，看起来像是昨天的两个痞
子托利亚内奇和沃维奇，和昨天一样，他们依旧一身运动装。
但举止却彬彬有礼、温文尔雅。

**看起来像托利亚内奇的人**　（继续讨论两人在门外的话题）你认为
乔伊斯①的小说可以从量子理论角度来研究吗？

**看起来像沃维奇的人**　难道你认为这是奇谈怪论？

**看起来像托利亚内奇的人**　要是我，我还是会着重研究日本诗歌
俳句结构，打算把毕达哥拉斯数字规律②用于俳句。

**米哈伊尔**　是他们！昨天就是他们殴打您！我记得清清楚楚！

**看起来像托利亚内奇的人**　什么事？

**长得像卡拉什尼科夫的人**　（对两个痞子说）没事，朋友们。只是
有人失去常态了。（对米哈伊尔说）请您听好了，他们绝不可
能打我。我们经常一起去羊拉肚子城市中心图书馆听哲学课。
他们都是品行端正、最可爱的人，并且是我的朋友。您经常

---

① 乔伊斯（1882—1941），爱尔兰作家，诗人，现代主义代表人物。下面提
到的小说是《尤利西斯》。

② 毕达哥拉斯数字规律，毕达哥拉斯认为数是世界的本源，先于事物而存在。

弄错什么事情。

**看起来像沃维奇的人**　发生什么了？

　　　　〔米哈伊尔退着走向门边，跑出了咖啡馆。


　　　　〔不排除，这次又是在羊拉肚子城的街上。米哈伊尔环顾
　　　四周，看到了他的两位邻居。

**米哈伊尔**　你们好啊。

**2 号邻居**　好什么，没死呢。

**1 号邻居**　过得怎么样？

**2 号邻居**　还是那么糟糕吧？

**米哈伊尔**　你们认识我？还记得我？

**1 号邻居**　当然。你是我们邻居。

**2 号邻居**　和我们一起住在臭烘烘的集体宿舍嘛。

**米哈伊尔**　很奇怪，这几天接二连三地发生一些不可思议的事！

**2 号邻居**　这个国家不就是这样吗。什么都能弄清楚那才见鬼呢。

**1 号邻居**　我们国家的前景是美好的，只是现在没有看到，没有发
　　　现，但是，说到就到了。主要是要相信。

**2 号邻居**　前景是美好的？我看是一泡狗屎。

**1 号邻居**　狗屎也不错嘛，它是粪便，是肥料，农业需要。

**2 号邻居**　哪里还有农业？大小村庄都半死不活了。

**1 号邻居**　这也不是坏事，可以重建什么嘛。主要是要相信！冬小
　　　麦又抽穗了，收割机在田野上奔驰！……（掏出一张纸）我
　　　写了一首关于祖国的新诗，要不要听听？……

**2 号邻居**　休想！我杀了你！

〔米哈伊尔和 1 号邻居沉默不语，埋头走路。

你想什么时候安葬妻了？

**米哈伊尔**　就这两天。早上我电话联系过殡仪馆的人……我现在过去见她最后一面。

**1 号邻居**　对，是该道个别。

**2 号邻居**　该死的国家。（跳了个特别的膝盖舞）

**米哈伊尔**　（惊呆，盯着他问道）你做了什么动作？

**2 号邻居**　什么时候？

**米哈伊尔**　刚才。

**2 号邻居**　没什么，就是想动动。怎么？不行吗？

〔米哈伊尔对着 2 号邻居耳语了几句。2 号邻居听完后愤愤地看了一眼米哈伊尔，随即拉着 1 号邻居的手，二人离开。米哈伊尔满心疑惑，目送他们离去。


〔种种迹象表明，这是在殡仪馆，举行告别仪式的大厅。哀乐回响。棺材放在台子上，尚未合棺。

**米哈伊尔**　原谅我，玛莎。最近一段时间我很少关心你。可你要知道，我心系祖国。祖国，便是一切，玛莎。你死了，可祖国还活着。但你可曾想过，你并没有完全死去，因为你也是祖国的一部分。你将会被埋入地下，慢慢腐烂……你的躯体将会变成腐殖质，使得幼小树苗高耸成参天大树，使得寥寥小草扩散为青青草原……这一切将来都是祖国呀，玛莎。我现在特地将这枚徽章留给你，把它安放在你胸前。随着时间的流逝，你将会只剩下骨灰和一副空骨架……但是"请爱祖国！"这几个字还将会在你胸前，而这对我们每一个人都是最主要最重要的呀。

〔棺材里的尸体突然站起来，戴上黑色眼镜。

**侦探** 对不起，以前一直没能和您说一件事，它对您不利，对我也不好。所以，我不得不见机行事。

**米哈伊尔** 您怎么在这里？！

**侦探** 是这样的，事情开始闪电般地发展，完全不能按照事先写好的脚本进行。我所在的处室现已解散。同我们合作的人，包括您，全部被解雇。不再需要您的服务了。

**米哈伊尔** 什么意思？不再需要爱祖国了吗？

**侦探** 是的，一切都已过去。因为，就连祖国这个概念本身这次照例都要被重新考虑，将有所改变。这是形势的要求。

**米哈伊尔** 改变？难道祖国不应该是怎样就怎样的吗？

**侦探** 亲爱的，我不是给您解释过吗，这就是一个概念，对她的更改永无止境。

**米哈伊尔** 等等，您刚刚说我不在岗了？

**侦探** 哎，是的。

**米哈伊尔** 那您答应过的优待呢？增加退休金呢？

**侦探** 很抱歉，这些也随之取消。

**米哈伊尔** 也就是说，我白干了，白受罪了？

**侦探** 只有一个办法。如果您愿意完成另外一个任务，那么原先承诺给您的优待和增加退休金都将保留着，一分不少。

**米哈伊尔** 什么任务？

**侦探** 要做的几乎就是以前您做过的那些事，只是你不需要再时刻操心对祖国的爱，而是要想着您是蠢材。明白？

**米哈伊尔**　不明白！

**侦探**　很简单，只需要不断重复"我是蠢材，我是蠢材……"，如此而已。您看，一点也不复杂。照例，我每个月月底会来找您签工作报表。优待和增加退休金，我想，一定会给您保留着。我会亲自为您奔走。

**米哈伊尔**　可为什么要说"我是蠢材"？就不能换成其他任务吗？随便什么都可以。

**侦探**　很遗憾，没有其他任务，就这一个。您想一想，无论是谁都不该做"蠢材"，这一点，您同意吗？

**米哈伊尔**　也许吧。

**侦探**　问题是，咱们的俗语里面有"蠢材"这一称呼。我希望您是听到过的，是吗？

**米哈伊尔**　只好这么说了。

**侦探**　这样一来，为了这个词组完全不消失，不退出使用，进而不给我们祖国语言带来损失的话，就必须有人去再现"蠢材"的角色。您明白吗？这并没有哪里让您难堪吧？做个"蠢材"和爱祖国，一样重要。您照样会给我们这个社会带来实实在在的好处。如果您方便的话，也可以认为这是在为祖国做贡献。当然，祖国这个概念会有更改，甚至，会面目全非。但无论如何，那里总还可以为"蠢材"找到一席之地的，这点毋庸置疑。看，这是证明。这里已经输入了您的个人信息，并指出您是"蠢材"。我就坚信，您一定会接受这个任务的。晚点我会来找您签合同，请您原谅，现在我得走了，再见。

（躺进棺材，盖上盖子）

　　〔米哈伊尔仔细查看了证明，再稍微掀开棺材盖，里面空无一人，他一时不知所措，然后，又看了看手中的证明。

　　〔似乎是在集体宿舍里。屋里杂乱不堪。米哈伊尔胡子拉碴、蓬头垢面地躺在床上，面前展开着一本书。只见他撕下一页，放进嘴里稍加咀嚼，再贴到指甲上，"啪"的一声，弹向天花板，想让纸团粘在上面。此时，侦探走了进来，在桌旁坐下。

**侦探**　我可是言出必行，瞧，我带来了合同。现在我们办理所有手续，您就做一个真正的"蠢材"了。别再怀疑了，这很光荣。

　　〔米哈伊尔坐到他身边。

　　（侦探在桌子上摊开文件）这里需要签名。

**米哈伊尔**　看见了。（浏览了下文件，签了名）您能不能把钱还给我。

**侦探**　什么钱？

**米哈伊尔**　我借给您的钱。记得吗？

**侦探**　什么时候？

**米哈伊尔**　两三个月前，在那个咖啡馆。您要买单，记得吗？一部分是划拨给祖国之需要，我没有异议，这是神圣的。但您付自己吃饭的那一部分钱……您说过，会还我的。

**侦探**　您不感到害臊吗？

**米哈伊尔**　害臊什么？

**侦探**　我付饭钱的那一部分，也可以说是为了祖国的需要。您难道不懂？

**米哈伊尔**　不懂。

**侦探**　我吃饭时也是在为祖国服务。我为祖国上传下达，是她忠实的看门狗，不吃饭不可能存在呀。否则我算什么公务人员呢？祖国也不赞成的。您明白我说的意思吗？

**米哈伊尔**　明白，但我只想收回我自己的钱。我现在的外境已很困难了。工厂日益亏损，我和其他人都被裁员了。

**侦探**　（指着合同）请看这里，看到没？小字部分。

**米哈伊尔**　这写的什么？

**侦探**　补充条款，特别说明。说的是您一旦签了字成为"蠢材"，您就应该付我们一笔钱。

**米哈伊尔**　多少钱？！

**侦探**　来，请看这里。看到数额没？

**米哈伊尔**　我哪里有这么多钱！从来没有过！我上哪儿去弄这么多钱？！

**侦探**　您已经签了，就得付钱。

**米哈伊尔**　您这是在欺骗我！为什么用这么小的字写？！

**侦探**　但如果凑近点，是不是能辨认出来呢？能。所以，请原谅，爱莫能助。您只有还钱。可以慢慢还，分期还。

**米哈伊尔**　我不还！不管是一次性还，还是分期，没想到，这一切会这么复杂！我不想再做"蠢材"了！

**侦探**　但您现在已经是了。看，您签的字。

**米哈伊尔**　这是谬论。这不可能！什么增加退休金，还有那些根本不存在的优待，通通都见鬼去吧！我再也不想这样活了！我拒绝！

**侦探** 您是准备要自杀吗？

**米哈伊尔** 我可没说。

**侦探** 您已经有了这个想法了，是不是？承认吧，是不是有一瞬间闪现了这个念头？

**米哈伊尔** 就算是，那又怎样？可以的。

**侦探** 请问，您希望现在就不再做一个"蠢材"，而是重新热爱祖国吗？这将进入另一个更高的阶段。

**米哈伊尔** 难道可以这样吗？

**侦探** 一切都有可能。

**米哈伊尔** 当然，我希望一切回到原来。我不喜欢做"蠢材"，更不喜欢这个小字条款。但如何才能做到？您说负责祖国问题的处室已经解散了。

**侦探** 您要知道，这不是实情。我误导您了。但我当时也是为了了解一下您是否可靠，能否把爱祖国的最高任务交给您。您能做到吗？

**米哈伊尔** 您在说什么！我到底需要做什么？

**侦探** 好吧。我把一切都告诉您，我想，您也准备好听我说完。热爱祖国的最高阶段，爱国主义的最高境界，叫作"爱国自杀"。

**米哈伊尔** 什么？什么？

**侦探** 这是个缩写词，全称是"爱国主义的自杀行为"。明白吗？为了爱祖国而自杀。

**米哈伊尔**　自杀?！为了爱?！

**侦探**　正是如此。但您需要理解，这不是要您躺到枪眼下，众目睽睽之下给自己一枪。也就是说，您不需要站在人山人海的广场上发表一番慷慨激昂的爱国言辞，然后再开枪自杀。不需要那样。您要静悄悄地不为人所知地死去，成为看不见的战线上的一位牺牲者。您可以任意选择一种爱国自杀的方式：开枪，上吊，燃气中毒，卧轨……也就是说，看起来像是一条某人自寻短见的报道。另一些人这时很可能会编造您表现软弱，是一种冒失行为的消息……有人谴责，也有人同情，但不会有人知道，您此举是为了对祖国的爱。明白吗？您肯定从报纸上或者日常谈话中听说过别人自杀的事……这些，很可能就是爱国主义自杀。说不定，说不定。

**米哈伊尔**　但为什么要这样做？如果按您说的，要悄悄地，不为人知地……那么这些是为了谁呢？

**侦探**　为了像我这样的人。为了处长、分局局长，等等，一直到最高领导。也就是说，您自杀的真正原因只有那些主管的人、有关的人才有权知道。

**米哈伊尔**　可这么做究竟是为了什么？为什么你们需要这样做？

**侦探**　这么说吧，为了内部工作的需要。您的英勇功勋将永远鼓舞着我们。此外，请您注意，一旦您决定好了要成为爱国主义自杀者，您将失去一切：优待条件和职业的发展机会……

**米哈伊尔**　这太残忍了！简直没有人性！

**侦探**　我同意。但也正是这样，才能体现你对祖国最高的爱。而且，您都上吊自杀了，还要优待做什么？所有您能带到那里去的（手往天上指了指），就只有您自己知道的、内心那份最深沉的爱了。怎么样？想好了没？一言为定？

**米哈伊尔**　我不知道。我想。

**侦探**　您想成为"蠢材"，一辈子都要支付合同载明的那个数额？

**米哈伊尔**　不，我不想。

**侦探**　那就快点做决定。我没时间等。

　　〔米哈伊尔开始思考。

　　（侦探不耐烦地看着手表）好了，为了让您相信，爱国主义自杀并不是一个特殊现象，甚至，在某些程度上，它是十分正常而且合乎规律的，我给您听一个录音。这可是我专门从档案室里找到的。（拿出一个录音机，打开）

　　〔汽车的声音，男人的叫喊声，听不清到底在喊什么，而后是狗叫声、车轮的摩擦声、撞击声、摩擦声。侦探关上录音机。

**米哈伊尔**　这是什么？

**侦探**　请您努力回想一下，您父亲是如何死的。

**米哈伊尔**　他是被车撞死的。

**侦探**　您认为这是个不幸的意外？

**米哈伊尔**　难道他是故意的？！

**侦探**　他选择了做一名爱国主义自杀者。

**米哈伊尔**　他也同你们合作过？！

**侦探**　您想一想，我们为什么偏偏选中了你？因为您是真正的爱国主义者的后代。

**米哈伊尔**　但录音里有些声音根本听不清，我无法确定那就是我父亲的声音。

**侦探**　相信我，那就是他的声音。

**米哈伊尔**　可他在叫喊什么？我听不清。

　　　　[侦探打开录音机。马达轰鸣声，男人的听不清楚的叫喊声，狗叫声，轮胎摩擦吱吱声。侦探关了录音机。

　　　　我还是没听出来他到底在说什么。

**侦探**　我认为，这并不难猜。他说的最后一句话是："我爱祖国。"

**米哈伊尔**　那么狗叫呢？是为什么？

**侦探**　您好好回忆一下，您父亲遭遇车祸之前是准备去哪里？

**米哈伊尔**　我记得，他是带我们家的牧羊犬杰克去兽医院。

**侦探**　完全正确。但除了这些，您还应该想到，杰克也是在为我们工作。

**米哈伊尔**　杰克吗？！

**侦探**　对，杰克。而且它也不是无缘无故地叫。这是狗在倾诉它对祖国的爱。

**米哈伊尔**　可狗的祖国在哪里？！

**侦探**　您的思维真怪。杰克在这个国家出生，自然，这就是它的祖国。为何它就不能用它狗的一颗忠心来爱祖国呢？好了，言归正传，您选择哪种方式自杀？上吊，毒药，还是枪？……（将一根绳子、一瓶毒药和一把枪放在桌上）

　　　　[米哈伊尔十分犹豫，走向手枪。

　　　　（侦探把枪放到米哈伊尔手中）您看，我这就撕碎合同。您不再是"蠢货"，不再欠我们一分钱。至于优待，请记住，也要忘掉。再见。这次是永别了。（靠近墙，打开门）

**米哈伊尔**　站住！

**侦探**　怎么了？

**米哈伊尔**　有点不好意思说出口……但是，我想过了……可能，我还没准备好。我，大概，我要拒绝。您拿着，我不需要这个。（把枪递给侦探）

**侦探**　为时已晚，您已经同意了。

**米哈伊尔**　那又怎样？我只不过说说。我当时心慌意乱，并没有最后同意。

**侦探**　为时已晚，我告诉您。我劝您不要拒绝自杀。

**米哈伊尔**　为何？我没这个权利？

**侦探**　即使您拒绝自杀，您也已经活不长了。从现在开始，您已经失去了一切：优待、增加退休金，等等，您已经失去了生命。实际上您已被列入死者名册。在我们刚才的谈话中，您同意自杀的话已被摄像头记录下来了。此外，告诉您一个秘密，我第一次见到您，就知道您注定要做一位爱国主义自杀者。而且，您从出生之日起就已经被预先决定了。

**米哈伊尔**　不可能！胡说！

**侦探**　您父亲同我们签订合同的时候，也以您的名义签了另一份合同。您的命运早已注定就是这样。（拿出合同）这就是那份合同，看到没？您父亲的字据。您应当知道，即使您拒绝，即使您不愿自杀，您最终还是逃脱不了这个命运。会有人帮您完成这个任务。到时候，您可就不是爱国主义自杀者了，您也不会再鼓舞我们了。但无论如何，这都会看起来像是自杀。所以，我建议您三思而行——您爱祖国还是不爱祖国。

再见。(隐身在墙里)

　　［小门关上了。米哈伊尔摸了摸墙，推了推，墙推不开。于是，他用尽全身力气，飞快地跑起来，"砰"的一声，在墙上撞出一个洞，他走进缺口。

　　［可能是在迷宫里，也可能不是。米哈伊尔在迷失方向的走廊上乱窜，碰到死胡同，又继续跑。终于，他看到了侦探，此刻侦探正背对着他坐在椅子上。他毫不犹豫地给了侦探一枪。只见侦探瘫倒在地。米哈伊尔急忙上前，却发现这不过是一个破布人偶。他继续奔跑，绕来绕去，始终摸不清路。突然，他看到侦探站在墙边。"砰"的一声，又是一枪，侦探倒地。米哈伊尔跑过去，却发现又是人偶。接着，他又发现侦探在远处来回踱步。米哈伊尔开枪。他跑过去后发现依旧是人偶，挂在绳子上飘来荡去。米哈伊尔又跑。又撞上死胡同，他心惊胆战，疲惫不堪，大声地喘着粗气。最终，他停了下来，紧贴着墙壁。这时，他身后的一扇门打开了，是一条通道，不知通向何处。米哈伊尔犹豫了一下，下定决心进入通道。

　　［这里是精神病科。米哈伊尔出现在大厅里。他身后的通道立即关上了。他惊慌失措，开始环顾四周。只见一条长长的走廊，走廊的一边是一排门，另一边是被格栅拦起来的窗户。走廊上，许多人在来回游荡：一些人穿着医院睡衣，另一些人穿着精神病患者的约束衣。在这些人中看到一个姑娘，

很像玛利亚，肚子上用绳子绑着一个枕头。接着，他又看到好几个熟人。那个女服务员，她拿着一小截口红往嘴上涂抹；卡拉什尼科夫挂着拐棍；臃肿邋遢的大妈躺在地板上。米哈伊尔在这些病人中快跑着，手里紧紧握着那把玩具枪。几个卫生员——从他们中间可以揣测出集体宿舍的邻居、痞子还有民警——拿着约束衣朝他奔过来。米哈伊尔扣动扳机，枪声响，火光闪。米哈伊尔继续跑，几个卫生员紧追不舍。最后，米哈伊尔意识到自己无处可逃，便举起枪，对准自己的太阳穴。在扣动扳机的一刹那，他恍然大悟，知道这"武器"根本打不死人。就在这时，卫生员们几步上前，将他双手反扣在背后，夺下玩具枪，并试图给他穿上约束衣。

**2号卫生员**　站好，畜生，别抽搐！

**1号卫生员**　看，多好看的衣服！你喜欢吗？你站着别动，我们给你穿上。

**2号卫生员**　（用胳膊紧紧勒住米哈伊尔，后者几乎快窒息）站着别动！否则我勒死你！

**1号卫生员**　（从口袋里掏出一块硬糖）看见没？好吃的糖果哦！有没有人想吃糖果呢？！

**2号卫生员**　（对1号卫生员说）打他的肝脏！

**1号卫生员**　干吗？

**2号卫生员**　那样他就没劲了！这顽固的畜生！

　　　　[1号卫生员用拳头揍了米哈伊尔几下，米哈伊尔嗷嗷叫，不再反抗了。医生拿着注射器来到走廊上。

**1号卫生员**　医生来打针了！

　　〔医生走到米哈伊尔身边，米哈伊尔想对他说点什么，却被2号卫生员捂住了嘴。

**医生**　你怎么了？米哈伊尔，又狂躁了？

**1号卫生员**　他遇上了倒霉事。

**2号卫生员**　没事，我们很快就会把他改造过来。

**医生**　（准备向米哈伊尔肩膀注射药水）别动，站好，别害怕。

　　〔米哈伊尔试图挣脱。

**2号卫生员**　站好！跟你说过了！

**医生**　（一边注射一边安慰）一切都会好的，都会好的。

**1号卫生员**　真乖！真棒！

　　〔注射完药水后，米哈伊尔逐渐平静下来。他恐惧地注视着，这位医生戴上黑色眼镜一下子变身了——像是卡里加里博士①。

——幕落

---

　　①　卡里加里博士，是电影《卡里加里博士的诊所》（1920 年，德国，导演为罗伯特·威恩）中的男主人公。这部电影堪称电影表现主义的典范，它是电影史上第一部剖析人类潜意识的影片，具有重大意义。影片中，表现主义特色主要反映在布景、化装和服装上。此外，影片还借助模糊不清的画面呈现了那个年代德国社会的特殊状况。

# 有外人的全家福

两幕喜剧

斯捷潘·洛波泽罗夫　著

徐曼琳　译

## 作者简介

斯捷潘·卢基奇·洛波泽罗夫（Степан Лукич Лобозёров，1948—    ），俄罗斯剧作家，苏联作家协会会员（1986），布里亚特功勋艺术家，俄罗斯功勋艺术家。


## 译者简介

徐曼琳，四川外国语大学教授。出版有专著《白银的月亮——阿赫玛托娃与茨维塔耶娃对比研究》。

# 人 物

基莫菲伊（小名：基莫哈）——50—55岁。

卡捷琳娜（小名：卡佳）——基莫菲伊的妻子。

丹妮娅（小名：丹卡）——他们的女儿。

奶奶——基莫菲伊的母亲。

米哈伊尔——30岁左右。

维克多——25岁。

# 第一幕

一座乡村大木房子，有三个房间，右边的房间有几个床位、几个床头柜和几把椅子，这是个"宾馆"。中间是主人的房间，左边的小卧室仅用一席帘子与主卧隔开，这里就是奶奶和丹妮娅的房间。

基莫菲伊躺在大房间的床上，他的妈妈——奶奶在一旁收拾打扮。

**基莫菲伊**　那么，如果她这个星期天还不来的话，我要她吃不了兜着走。自己撒开腿到处跑，却不让人喝酒。

**奶奶**　谁不让你喝酒啦？

**基莫菲伊**　可是我想喝，我想！我不是你们的木偶，不用你们往嘴里喂食。

**奶奶**　大夫说，让你好好躺着。

**基莫菲伊**　你们也像我一样躺躺试试，我完全可以挂着拐杖上街了，却在这里……你就这样给她说。

**奶奶**　我给她说什么啊，等她来了，你自己说呗。

**基莫菲伊**　还是你告诉她，趁我还不能下地，让她给我搞个命名日聚会，不然我要你们好看！

**奶奶** 还要什么命名日聚会。

**基莫菲伊** 什么命名日聚会？当然是我的。趁我躺着，反正没事可干，就搞个聚会，你就这样给她说。

**奶奶** 好好好，我转告，我转告。你要过命名日，她肯定会骂我的。

　　〔两人都不说话了。

　　丹卡又不知跑哪儿去了，又来不及上房顶了。

**基莫菲伊** 我这可不是向你们要酒喝，您要像我这样，就会知道。

**奶奶** （没停下手中的活儿）涅费季哈有三只猫，我们这儿将有八只。

**基莫菲伊** 为啥是八只？

**奶奶** 有人数过，也有可能，总共有十只。

**基莫菲伊** 让她自己上去抓。

**奶奶** 她自己……怎么，都二十岁的人了，还让她爬房顶？你们赶我上去得了。

　　〔院子里响起了敲门声。

　　好像有人来了。

　　〔米哈伊尔走了进来，他是个结实忧郁的年轻人，还有维克多。

**米哈伊尔** 基莫菲伊叔叔，你好！奶奶好！

**维克多** 你们好！

**基莫菲伊** 你好！你好！

**米哈伊尔** 奶奶，收零时房客吗？

**奶奶** 干吗找我？现在丹卡负责办手续。

**米哈伊尔** 那又怎样？你能安排他住下吗？丹卡在哪儿？

**基莫菲伊** 在学校，她是代理少先队辅导员职务，今天又被叫走了。

**米哈伊尔** 加丽娜还没生吗？

**奶奶** 难道她刚刚生完孩子，第二天就得跑到你那些少先队员那儿去啊？

**米哈伊尔** 哼，我的！

**维克多** （从自己的思绪中回到现实中，对米哈伊尔说）不会是这儿吧？

**米哈伊尔** 是的，就是这儿。这儿是我们自己人开的，这就是宾馆，当然，不是真正的宾馆，但是，也算是宾馆。

　　　　〔丹妮娅跑了进来，看到维克多，在门口停了下来。

**丹妮娅** 您好！

　　　　〔维克多，像是从自己一贯的担忧中清醒过来，欣赏地看着丹妮娅，丹妮娅在他的注视之下变得更羞涩了。

**奶奶** （对丹妮娅说）"您好！"不赶紧上房顶去，却在这儿说什么"您好"。

**基莫菲伊** 丹卡，快给客人办入住手续。

**米哈伊尔** （对维克多说）喏，她是老板的代理。没考上大学，现在大概是在这儿做清洁工。

**丹妮娅** 为什么说我是清洁工？

**米哈伊尔** 那你是……经理？管三张床的经理？

**奶奶** （对丹妮娅说）喂，"经理"，换衣服吧，还得上房顶呢。

**丹妮娅** 就这样也可以啊。

**奶奶** 不行，穿一身新衣服爬上去？……

**基莫菲伊** 她不好意思，不想让客人看到她穿棉袄和油布高筒靴。

**奶奶** 那还能穿啥？这会儿她可不是什么老师，总不能穿新衣服爬房顶吧。

　　〔丹妮娅满脸通红，眼泪都快流出来了，跑进了自己的小房间。

　　你去找她吧。（对维克多说着，仍然没有放下活儿）进来！那间屋里的床可干净了，没准，蟑螂都被饿跑了。

**米哈伊尔** 走吧。

　　〔与维克多一起走进"宾馆"。

　　这儿有收音机，有电话，你问我的都有。

**维克多** 告诉我，她……她多大？

**米哈伊尔** （立刻警觉起来）谁？

**维克多** 你自然清楚我问谁。

**米哈伊尔** 你干吗问她？

**维克多** 干吗问！这样的姑娘！你干吗紧张？难道你与她？你对她来说太老了！

**米哈伊尔** 你是来办入住的？那就赶紧办！（说着向门口走去）

**维克多** 你等等，我们还要……

**米哈伊尔** 我走了……（他边说边从"宾馆"里走了出来，默默地坐在基莫菲伊的床边）

**基莫菲伊** 安顿好了？

**米哈伊尔** （还没从某种担忧的情绪中走出来）安顿好了。

**奶奶** 他不喝酒吧？不然又会喝得醉醺醺的。

129

**米哈伊尔**　他到哪儿找酒喝？丹妮 [1]，咱们到俱乐部去吧？

**丹妮娅**　（从自己的房间里走出来）跟你的清洁工说什么呢？

**米哈伊尔**　你说呢？

**奶奶**　哎哟，不愿意被叫作清洁工，那就好好学习啊。

**丹妮娅**　他这是故意的。

**米哈伊尔**　怎么这么说？

**丹妮娅**　没什么。谁也没请你到处广播啊。

**基莫菲伊**　你去敲他的门，丹妮娅，告诉他，你是代理少先队辅导员。

**丹妮娅**　我会去敲的。

**基莫菲伊**　太好了！不然那么体面的一个小伙子，他要是想……米什卡 [2]，他结婚没有？

**米哈伊尔**　关我什么事？

**基莫菲伊**　什么事……等你明白什么事，就晚啦。

**米哈伊尔**　去俱乐部吗？

**丹妮娅**　我就在家待着也挺不错的。

**奶奶**　（对着右边的门点点头）要是和这人就会去吧？

**丹妮娅**　是啊。我不会去问谁去不去的。

**奶奶**　你瞧：这位是自己人，村里的，你连那位是谁都不知道，却想跟他跑。没准，是个酒鬼？

**丹妮娅**　他不是酒鬼。

**基莫菲伊**　为什么不是？你怎么知道？

---

①　丹妮，丹妮娅的小名。
②　米什卡，米哈伊尔的小名。

**丹妮娅** 我从他的眼睛看出来的。

**基莫菲伊** 连眼睛都已经看清楚了啊。

**米哈伊尔** 跟我一起去吧，今天的电影很精彩。

**丹妮娅** 你自己去看吧。

**米哈伊尔** （在基莫菲伊同情的目光注视下变得更加阴郁了）好吧，那我走了。（说完就离开了）

**奶奶** 为啥要欺负这个可怜的小伙子啊？

**丹妮娅** 你自己也不喜欢他啊。

**奶奶** 是的——我确实不喜欢他，他们家整个一家子就那样，就好像总是没睡醒的样子。（忽然想起）得啦，现在上房顶去吧，不然你妈回来又得……立马上去！

**丹妮娅** 天已经黑了。

带上电筒，你到底要拖到什么时候啊。

〔米哈伊尔又走了进来，走到屋角，对奶奶招招手。

**米哈伊尔** 到这儿来。（又对丹妮娅说）你也过来。

**奶奶** （走近前来）你又要干吗？

**米哈伊尔** 本来不想给你们说，但是如果发生什么事，你还是会怪我。

**奶奶** 那么会发生什么呢？

**米哈伊尔** 你们的这个房客，哎……我不知道用医学术语怎么说，总而言之，他不正常。

**奶奶** 现在你到哪里能找到正常的人呢？你瞅瞅我们周围……

**米哈伊尔** （打断奶奶的话）但周围的都是自己人，你怎么能这样比？而他是真正的……哎，他是从那什么院里出来的。

**奶奶** 什么院？

**米哈伊尔** 一般会从哪个院里出来？当然是从精神病院，从精神病院里出来的。

**奶奶** （向后退了一步）你瞧瞧，丹妞哈①，他说什么来着？

**米哈伊尔** 不知道他是彻彻底底从那里被放出来了或是怎样，只是你们与他相处得小心一点，不然以后连我也应付不了！

**奶奶** 那你为啥要把他带到我们家来？

**米哈伊尔** 那带到哪儿去？你们这儿可是宾馆啊，我还能把他带到哪儿去？

**奶奶** 那怎么会从精神病院里出来呢？

**米哈伊尔** 我怎么知道？我得把俱乐部布置好过节。我到城里去了一趟，他们说：没有一个正常人，只有这一个，与他相处必须格外小心。没办法，只好带他回来。无论如何我必须得在节前弄好啊。

**丹妮娅** 是吗？这是你刚才在门外瞎编的吧？

〔所有人都疑惑地看着米哈伊尔。

**米哈伊尔** 好吧，你们不相信。我可是提醒过你们了，现在我没有任何责任了。你们想想，这种人会立马表现出来吗？他们这种人会时不时地犯病。到那个时候，一切就很明显了，就能发现那里有个什么人……这就是为什么他会待在那种地方，如果是正常的——那就是监狱，如果不正常，就是精神病，就会去那儿。

**奶奶** 别夸张了！那么你怎么……那我们现在怎么办？

---

① 丹妞哈，丹妮娅的小名。

**米哈伊尔**　你问她啊，她不相信。

**丹妮娅**　我当然不相信。

**奶奶**　你为啥不相信呢？

**丹妮娅**　你们甚至都没用自己的眼睛看看他，马上就相信米哈伊尔，我亲眼看过，我为什么还要相信他？

**米哈伊尔**　这是在他还正常的时候，什么状况都还没出现呢，你以后再看。

**丹妮娅**　可能你明天也会出现状况，那我们现在怎么着，也必须怕你吗？

**奶奶**　这可是自己人，干吗要怕他？

**丹妮娅**　如果是陌生人，那么立刻……

**基莫菲伊**　他为啥要瞎编啊？

**丹妮娅**　为啥……为了让我害怕，让我别看那个人。

　　　　〔所有人又再次疑惑地看着米哈伊尔。

**米哈伊尔**　你瞧——我干吗要吓你。我的义务就是提醒你们，那里的情况你们是知道的。

**基莫菲伊**　如果他真在那儿待过，你说，他应该会狂躁吧？

**米哈伊尔**　干吗非是狂躁啊？狂躁的一下就能发现。而这种更糟，沉默，沉默，甚至还会对你笑，然后，突然……所以我想提醒你们，给开个收条吧。

**奶奶**　什么收条？

**米哈伊尔**　说明我提醒过你们，省得到时候把我拖到法庭上去。

**丹妮娅**　你们干吗要相信他！他完全把你们当成傻瓜，还用收条来唬人！

**米哈伊尔**　你哪怕和他一起待一天？咱们明天再看，你们会怎么
　　　说。为了他们！也为了你！……（向"宾馆"门口走去）因
　　　为你们我现在必须时时刻刻看着他。

　　　［米哈伊尔向维克多走去。

**维克多**　你怎么一下子就跑了？

**米哈伊尔**　你待在屋里？对的，在这里就应该这样，待在房间里，
　　　别往外探头。

**维克多**　什么？

**米哈伊尔**　啊……本来不想告诉你，可是如果发生什么事，你还
　　　是会怪我。

**维克多**　发生什么？

**米哈伊尔**　我怎么知道？等着看吧。我其实宁愿带你去我家，可
　　　是我母亲、我爸、姐姐和她丈夫还有小屁孩都在。他们说，
　　　为啥不带到宾馆去？

**维克多**　听我说，你说的都对。

**米哈伊尔**　该怎么跟你说呢——待在这儿就行了。只是要把门关
　　　紧一些，一般来说这里不会安排一个人住，两个、三个都还
　　　行，可以轮流睡觉，可是一个人……

**维克多**　一个人——会怎样？

**米哈伊尔**　会怎样？他们都是病人。

**维克多**　那个男人吗？我看到了，躺着的，怎么啦？

**米哈伊尔**　可不，你以为仅仅就是这样躺着？

**维克多**　还会怎样？

**米哈伊尔**　这位奶奶一辈子都在……喏，在精神病院待了一辈子，

那位男的"躺着"，你也看到了，你还会看到女主人。

**维克多**　等等，这是，真的？

**米哈伊尔**　可不，我专门跑来和你开玩笑吗？

**维克多**　那我怎么办？

**米哈伊尔**　别出去，别和他们说话，安静待着……最重要的，别
打他们家女儿的主意，不然他们会打你的！……

**维克多**　你等等，他们，应该，都是有证书的啊，他们要是把头
拧断了，难道不负责任吗？

**米哈伊尔**　如果你有这样的意愿，会给你的。

**维克多**　你别在这儿开玩笑了！把我带到这个疯人院来，现在又
来开玩笑。如果带我去俱乐部呢？

**米哈伊尔**　干吗去俱乐部？为你一个人生炉子？在那儿看个电影
坐一个小时，得穿两件毛皮大衣。我也想把你带走，可是去
哪儿呢？

**维克多**　你等一下，他们为什么不在那儿，喏，在疯人院呢？

**米哈伊尔**　要是把所有人都送进疯人院，那谁来工作呢？

**维克多**　他们为什么让那个小姑娘爬房顶呢？

**米哈伊尔**　爬什么房顶？

**维克多**　喏，她奶奶一直冲她嚷嚷。

**米哈伊尔**　啊，这不是他们的方式吗？他们这是要挂标语。

**维克多**　挂那个干吗？

**米哈伊尔**　唉……很明显为什么。为了过命名日。男主人本人，
喜欢，让他们每周都给他组织命名日聚会，这样他就能讲讲
话，出出名儿。如果不搞，你试试！

**维克多** 如果每周都搞，那他多少岁了？

**米哈伊尔** 谁知道呢，可能，七十，也或许，一千岁，我倒想说，这样的人……

**维克多** 写什么呢？

**米哈伊尔** 写在哪儿？

**维克多** 标语上啊。

**米哈伊尔** 很正常："坦克手日万岁"，就这样。

**维克多** 你们这儿可真欢乐……

**米哈伊尔** 今天他们没打算把谁淹死，你没听见吧，他们没叫喊？

**维克多** 怎么——淹死？

**米哈伊尔** 怎么淹？当然是用水？

**维克多** 淹死谁？

**米哈伊尔** 谁都有可能。算了，我走了。

**维克多** 你等等，我呢？

**米哈伊尔** 你怎么啦？

**维克多** 我就一个人待在这儿？

**米哈伊尔** 你如果一切都照我说的做，谁会碰你？我走了。（向外走）

　　　[基莫菲伊、奶奶在房间里，丹妮娅在自己的房间。

**奶奶** 米什卡，他那儿怎么样？

**基莫菲伊** 坐那儿磨刀吧？他还会做什么？

**米哈伊尔** 他在房间里坐着，暂时可能还不会怎么样。最重要的是别让丹妮娅碰到他。

　　　要知道，他们在那儿，唉……是没有女人的。你要是刺激他，然后……我走了。

**奶奶** 你怎么……把他带来，自己却要走，那我们呢？……

**米哈伊尔** 您……现在尽量少叫喊，明白吗？你们怎么办？别碰他，就行了。别和他说话，别看他，千万别惹他，那么，也许不会有什么，也许，他也不会对你们怎么样。

**奶奶** 不说话……如果他……基莫哈，你听到他说什么没有？

**米哈伊尔** 行了，就这样吧。丹卡在自己屋里吗？

**奶奶** 在屋里看书。

**米哈伊尔** （开始纠结，到底去不去塔季扬娜的房间）好吧，让她看吧。我走了。（向外走去）

**奶奶** 基莫哈，你瞧，他走了。

**基莫菲伊** 你要他怎样？整天待在我们这里？

**奶奶** 他说，那人有时会犯病。谁知道什么时候会犯呢？也许，今天就会。

**基莫菲伊** 不会。如果今天会，那么一下就能看出来。

**奶奶** 那可能是明天。

**基莫菲伊** 行了，就现在又怎样，犯就犯，不犯就不犯。可能，丹卡说得对。

**奶奶** 她说的米什卡那些话？他为啥要瞎编，如果他自己每天都得跑到这儿来。不不，他们一进来，我马上就感觉有点不妙。他站在那儿，一看到丹卡，整个人立马就紧张起来。现在能把她藏到哪儿去呢？

**基莫菲伊** 当我们的面他能把她怎么样？

**奶奶** "当我们的面"……那在外面怎么抓得到他？

137

**基莫菲伊** 让她别出去。

**卡捷琳娜** 丹卡在家吗？她到房顶上去了吗？

**奶奶** 嘘！

**卡捷琳娜** 怎么啦？

**奶奶** 安静！我们现在都是小声说话的，不然会惹恼别人的。

**卡捷琳娜** 惹恼谁？

**奶奶** 谁？就是他！喏，就在那房间里坐着呢，我连走路都想踮起脚走。

**卡捷琳娜** 谁在那儿？（对基莫菲伊说）你们这是怎么了？

**基莫菲伊** 你先去城里，去买拐杖，然后再问怎么了。没什么，要是他出来，没有拐杖，我连手指头也动不了，任由他在这里对你们……

**卡捷琳娜** 究竟谁会走出来？

**基莫菲伊** 当你看到是谁，那时候一切都晚了。你知道吗？我早就该下地走路了。医生怎么说的？

**卡捷琳娜** 医生说，让你躺着！你告诉我，她为啥发抖？

**奶奶** 我没发抖啊，卡吉卡，只是你自己想想，他现在倒是安静地坐在那儿，可是到晚上谁知道他会想出什么花样来呢？

**卡捷琳娜** 你们这个他，究竟说的谁啊？

**奶奶** 房客呗，还会有谁？咱这儿还有谁是从疯人院里出来的啊？！

**卡捷琳娜** 什么疯人院？

**奶奶** "什么"疯人院……当然是国家的！米什卡把他带来，扔在我们这儿，自己却跑了。

**卡捷琳娜** 他很狂躁吗？还是做了什么？为什么要把他领到这

里来？

**奶奶** 谁说不是啊！米什卡带来的！他说，是为节日做准备工作。就算是为了节日，难道不能带个正常的来吗？

**基莫菲伊** 还有，给我搞个命名日聚会，不然我会让你们好看的！

**奶奶** 瞧，这位还想着什么命名日！

**基莫菲伊** 不是"什么"命名日，是我的命名。你们哪怕给我搞一次也好啊！

**卡捷琳娜** 为谁搞？为我吗？

**奶奶** 等他退休了，就像办几十周年纪念一样，那时我们可以过一下，别人都是这样做的。

**基莫菲伊** 但别人可不像我这样躺着。

**卡捷琳娜** 因为你醉酒把腿摔断了，我还得给你搞个纪念会？

**基莫菲伊** 不是为了摔断腿，而是因为我躺在床上。总之这段时间没事可干，就搞一搞呗。

**奶奶** 也是，对吧？卡吉卡？以后就可以不搞了。

**卡捷琳娜** 呵呵，您还"对吧"！先是给某人打上了石膏，然后又要求搞命名日聚会，以后还会说什么呢？真有你们的，又没上房顶！究竟要人忍耐多久？

**奶奶** 我们怕他，卡吉卡！

**卡捷琳娜** 他对你们做了什么？

**奶奶** 谁知道他想些什么？

**卡捷琳娜** 呵呵，你们都好，就我坏，就我，不可怜这些小猫。只是等它们长大了，一共多少只？十只？到时我们拿它们怎么办？如果这十只一起在房顶上踩踏，我们怎么办？

**基莫菲伊**　你在哪儿看到猫会踩踏？

**卡捷琳娜**　你别急，肯定会的！而且如果这十只再带十只来，那到时我们可就有得乐了。

**基莫菲伊**　如果它们当中只有一半公猫，它们怎么会再带十只来？

**卡捷琳娜**　难道公猫会怜悯小鸡？你带着你的公猫们滚蛋吧！（大声叫）丹卡，你现在就上房顶上去！我亲自淹死它们，你只需要抓住它们。

**丹妮娅**　（从自己的房间）天都已经完全黑了。

**奶奶**　卡吉卡，不是说谁好，谁不好，只是她上房顶的话，万一他在那儿对她做什么的话……

**卡捷琳娜**　那儿——是哪儿？你不是说，他在房间里坐着的吗？

**基莫菲伊**　在那儿他也能欺负她。

**卡捷琳娜**　你们走吧……你们自己比疯人院出来的还讨厌。

**奶奶**　卡吉卡，你咋不理解呢……

**卡捷琳娜**　（打断奶奶）行了，够了！吃晚饭吧。（叫丹妮娅）明天必须到房顶上去，废话少说！

　　　[奶奶和卡捷琳娜一起摆桌子。维克多在自己房间里走到电话机前，拨号码。

**维克多**　喂，小姐，请接外线，是的，接外线：31782。对，立刻接，接上了吗？好的，我等，我等。（手里拿着听筒等着）

　　　[大房间里，奶奶和卡捷琳娜已经坐到桌子旁，基莫菲伊的餐食被放在他的床头柜上。

**奶奶**　他在叫什么？

**基莫菲伊**　不是在叫，是在打电话。

**卡捷琳娜**　丹卡，过来吃饭。

**奶奶**　可能，他在往那儿打电话？

　　　　　〔丹妮娅走了进来，坐到桌旁。

**基莫菲伊**　你说的那儿是哪儿？

**奶奶**　"那儿"……就是他出来的地方！

**基莫菲伊**　他为啥要往那儿打电话？

**奶奶**　很明显，是想问点什么。

**基莫菲伊**　呵呵，他在问——怎么干掉我们。

**卡捷琳娜**　你们闭嘴吧！

**丹妮娅**　你干吗，爸爸，老奶奶，你说什么？妈，把他也叫来一起吃吧，他还没吃晚饭呢。

**基莫菲伊**　奶奶一定会被噎着的。

**奶奶**　叫来吧，叫来吧，还可以再给他一把刀子。

**卡捷琳娜**　闭嘴吧！吃你们的饭吧，别废话。

　　　　　〔维克多房间。

**维克多**　喂，小姐！是的，31782。是的，我等。我的号码？等等。（看电话机，显然，电话机上没有号码）小姐，别放电话，我马上问问，等等。

　　　　　〔维克多跑进大房间，奶奶吓得往后一跳，小心翼翼地看着基莫菲伊和卡捷琳娜。一时维克多也困惑不解地看着他们，但是，突然想起米哈伊尔说的话，微笑着向后退。

**维克多**　啊，是的，是的，明白了，我明白了。

**基莫菲伊**　（用手指自己的嘴）我们在吃晚饭。

**维克多**　是的，当然。我需要……（做手拿听筒靠近耳朵的动作）

电话号码，号码。

**基莫菲伊**　（小心地用手指指"宾馆"门上）在那儿，那儿有电话。

**维克多**　我知道。（用手指转圈，像拨号的动作）我需要号码，
号码。

　　　　[坐在桌边的人相互交换眼神。

**基莫菲伊**　我们不知道号码。

**维克多**　怎么会……不知道？那谁知道？（忽然醒悟，又笑了）
噢，你们知道，号码，号码……电话号码。

**基莫菲伊**　要打过去的号码吗？可能，您写在纸上，纸条丢了吧？

**维克多**　不不，你们的，你们的号码，你们的电话号码。

**基莫菲伊**　啊，我们的！我们的……213（用手指在空中画数字）
先是 2，然后是 13。213。

**维克多**　怎么，只有三个数字？可能，您还忘了什么数字吧？

**基莫菲伊**　没了，只有三个。

**维克多**　嗯，好吧，清楚了，明白了。

　　　　[跑回房间，拿起听筒。

　　小姐，213。不是，这是我的，他们的，他们这样说的，
是的，很急，我等着。

　　　　[桌边。

**奶奶**　瞧，开始了。

**丹妮娅**　那有什么，不就问个电话号码吗？

**奶奶**　"电话号码"！你看到他的眼睛了吗？现在我可看明白了，
这个……（用手模仿，维克多如何用手指转圈）

**基莫菲伊**　我也在想这个，他转什么呢？我想，他可能是想要碗

或者盘子。可能是什么，圆的东西。

**奶奶** 盘子……他一开始转，我马上就想到，我的死期到了。我呢，倒也算了，但是她……（向丹妮娅点了下头）现在怎么办？

**卡捷琳娜** 米什卡带来的，他怎么说？

**奶奶** 他就那样说的，他说，没别的地方可去，既然你们这儿是宾馆，收钱，那就自己解决。让那些钱见鬼去吧！

**丹妮娅** 妈妈，他在撒谎！瞎编的，他们现在……

**卡捷琳娜** 谁撒谎？

**奶奶** 他干吗要对你撒谎？你自己，难道没看见吗？

**卡捷琳娜** 谁，编什么？

**奶奶** 米什卡只是提醒我们，想让我们知道情况。而她说什么也不相信。

**丹妮娅** 那你现在发抖吧，既然你那么愿意相信米什卡。（回到自己房间）

**奶奶** 瞧瞧，一点也不害怕。

**卡捷琳娜** 为什么她不相信？

**奶奶** 他说，让我们别去惹他。那什么时候可以？本来要打扫房间的。

**基莫菲伊** 是的，他说别惹……他是个年轻小伙子，看上去好像什么都不可能发生，所以她不愿意相信他是个傻瓜。

**卡捷琳娜** 可真有你们的！行了，这儿事情够多的了。（开始收拾桌子）

**奶奶** 我去看看小羊羔，那儿有灯吧？

143

**卡捷琳娜**　有的，有的。

　　　　［奶奶走了出去。

　　　　［"宾馆"里，维克多在电话机旁。

**维克多**　是的，喂，是的，连上吧。你好……我是维克多，维克多。你没去我的人那儿？你看看这些天，不然她会跑到商店里来——没人陪她……啊，联系也没用……已经五天了。现在怎么样，既然已经来了，我想，哪怕我放债，而这里……还把我安排在……唉，说来话长……我说，我到你那儿再告诉你。阿莲卡临走前病了，所以你一定要去看看她。转告她，我在外面要待五天，你去老头们那儿了？那就好，就这样吧。你一定要去啊，一定啊！（放下听筒）

　　　　［大房间里剩下基莫菲伊和卡捷琳娜。

**基莫菲伊**　（向"宾馆"门方向点下头）很想听听，他在那儿说要转达什么？

**卡捷琳娜**　关于你，命名日聚会的男主角。

**基莫菲伊**　与"男主角"有什么关系？

**卡捷琳娜**　是谁，喝得醉醺醺地坐上摩托车？难道是我吗？

**基莫菲伊**　与"命名日聚会男主角"有什么关系？

**卡捷琳娜**　是谁在喊叫，要搞命名日聚会的？

**丹妮娅**　（走进房间）妈，他那边，是否该换换床单？

**卡捷琳娜**　去看书，不然我给你换，在这儿跑来跑去干吗！

**基莫菲伊**　也许，确实应该换换？可是一个路人，而她却如此……
　　如果还嫌他事儿不够，她也许还想搞点事儿出来？

**卡捷琳娜**　不管他怎么样，可能都不如你的事儿多。

**基莫菲伊**　丹卡，那就换吧！

**丹妮娅**　妈妈？

**卡捷琳娜**　我跟你说——去看书！（对基莫菲伊说）你好好在这
　　儿躺着，别挑事儿！

**基莫菲伊**　你还想在这个被上帝抛弃的人身上省钱啊！

**卡捷琳娜**　该省的就得省。就在一个月前，那个房客走之后，全
　　换了干净的床单，他现在就这样……

**基莫菲伊**　就算是这样，你为啥喊叫？丹卡，别到房顶上去，就
　　让那些猫在上面产崽，哪怕把房顶弄塌。

**卡捷琳娜**　噢，你可以教她这些，你会啥呀，就会这个……（对
　　丹妮娅说）你在这儿磨蹭什么，你没事可干吗？

　　　　［丹妮娅默默地向自己的房间走去。

　　　　那位哪怕说声谢谢也好啊：给他吃，给他喝，照顾他，
　　可是他却……

**基莫菲伊**　得了吧，你还照顾！只是我不需要你的照顾，我需要
　　的是拐杖。如果这个星期天还不给我拿来，我爬也要爬到外
　　面去！马卜就开春了，而她……这么照顾你试试。

**卡捷琳娜**　我要是能躺三天什么都不干就好了，现在可是一分钟
　　时间都抽不出来。他倒好，舒舒服服地躺在床上，还不满意
　　还要抱怨，还要求搞什么命名日聚会！

**基莫菲伊**　你是说我舒舒服服躺着？你是说我故意舒舒服服躺着？
　　你是说我很安逸？那现在我还会更舒服！（在床上翻来翻去，
　　然后从床上摔了下来）

**卡捷琳娜**　（向他冲过去）你怎么回事？你，傻了吗？奶奶！丹卡！

[听见响声和叫喊，丹妮娅和维克多都从自己的房间跑了出来，奶奶手里拿着棍子也从院子里跑了进来，并且手里舞着棍子，向维克多打去。维克多不知所措，向后退了一步，不知道该帮忙还是该逃跑。

**奶奶** 你靠近试试，只要你敢靠近！我就要你好看！（看到基莫菲伊摔倒在地上，大声吼道）兄弟们，大伙儿们，他把病人推下床了！救命啊！丹卡，快去找人来！救命啊！

**卡捷琳娜** （忙着搀扶基莫菲伊，没搞明白奶奶在叫什么，转身对着她）你干吗？傻了？快来帮帮忙！丹卡，抬你爸爸的腿。

**基莫菲伊** （反抗）现在我每天都会摔下来！每小时摔一次！只要石膏没摔碎！我要你们看看，我躺着有多好！

**卡捷琳娜** （对丹妮娅说）别抬那只上了石膏的，抬好的那只。（对维克多说）你站着干吗，帮帮忙啊！

[三个人一起把基莫菲伊安顿到床上，奶奶仍然没明白发生了什么事。

**基莫菲伊** 如果明天还不给我买拐杖，不搞命名日聚会，那我就用石膏把整个地板都砸穿！你们以为我不会摔吗？妈妈，把棍子给我，我现在就用它把石膏砸掉。

**卡捷琳娜** 你怎么了？真是脑子短路了！（对奶奶说）你好好安抚一下自己的儿子吧。至少让他在外人面前懂得难为情吧。

**奶奶** 基莫哈，谁把你推下来的？卡吉卡，怎么回事，谁推的他？

**卡捷琳娜** "谁推的"……当然，是你推的！你想他是谁推的就是谁推的。

**基莫菲伊** （对维克多说）你记住，小伙子！如果她们不给我搞命名日聚会，不给我买拐杖，我就要她们……你记住，你是证人。

**卡捷琳娜** （对维克多说）行了，您在这儿看着这些傻瓜干吗！也许，您在那儿早就看够了，现在这儿又，您走吧。

**维克多** 嗯嗯，如果有什么需要……（用手势表示："您随时吩咐"，他说完，回到自己房间）

**奶奶** 卡吉卡，究竟发生了什么事？

**丹妮娅** 爸爸从床上摔下来了。

**奶奶** 怎么会摔下来呢？

　　　　［米哈伊尔走了进来。

**米哈伊尔** 我下班了，怎么样啊？

**奶奶** 你还"怎么样"！你把他带过来，满意了。行了，好在我及时跑了进来，不然谁知道他会把他怎样……

**卡捷琳娜** 与那个人有什么关系？

**奶奶** 那与谁有关？

**卡捷琳娜** （对基莫菲伊点了下头）喏，你问问他去。

**米哈伊尔** （向门口点了下头）他在干吗呢？

**奶奶** 你说"干吗"！先是在我们吃饭的时候跳了出来，差点没把所有人都杀死……

**丹妮娅** 你说什么啊，奶奶，"杀死"！人家就问问电话号码。

**奶奶** "问问"……那这个呢？（用手指做旋转的动作）他眼睛又是怎样的？刚才差点没把基莫哈给杀了。

**米哈伊尔** 他怎么开始的？

**奶奶** "怎么开始"……大概不知道从哪里开始。（压低声音）晚上我们得把门锁得好好的，不然等我们睡着了，他……

**卡捷琳娜**　如果他想上厕所呢？

**奶奶**　我们给他放个桶。

**卡捷琳娜**　那你怎么给他说？

**奶奶**　就这样说好了，我们这儿晚上都不出来到处走动的，将就一下。

**米哈伊尔**　（对奶奶说）你干吗这样啊，你看，他在房间里待着也没干什么，最好还是让他出来。

**奶奶**　是你说的：他任何时候都有可能发疯。

**米哈伊尔**　但也不能不让他上厕所啊。

**丹妮娅**　（对米哈伊尔说）刚才是谁在这儿嚼舌头，现在自己解决。（回到自己房间）

**米哈伊尔**　我只是说："有一点点"。喏，曾经有一点点，而现在这样是为啥呀？

**奶奶**　"曾经"……他刚刚在这儿跑来跑去。

**米哈伊尔**　他为什么要跑来跑去啊？

**奶奶**　你瞧瞧，基莫哈，他自己把这人带过来，然后，提醒我们，是吧，可是现在又来问我们。

**米哈伊尔**　啊，我自己也不开心啊。（向维克多房间走去）

**维克多**　听着，朋友，事情这样可不行啊。我女儿才四个月，如果她拿的不是棍子，而是斧子，那可怎么办啊？

**米哈伊尔**　她为啥要拿斧子？

**维克多**　是啊，她为啥要拿斧子呢？在疯人院整整待了七十年啊。

**米哈伊尔**　哪有七十年。

**维克多**　啊哈，那就是六十年，那么就可以安安静静地睡觉了。你说个价格吧。

**米哈伊尔**　干吗？

**维克多**　对啊——干吗？干活要穿两件毛皮大衣，这里……可毛皮大衣是纯天然的啊！那个男人刚刚差点没把整个屋子给掀了。我想帮帮忙，结果差点没被大棍子打破头。怎么，难道要我在这儿等到头被砸成不值钱的碎片吗？

**米哈伊尔**　为啥是不值钱的？

**维克多**　我知道，还不是很黑。可以提高三倍价格，一切都符合法律程序。我女儿才四个月，我还有义务，而你却把我带到这儿来，把我的头放在斧子下，就为了几戈比的一点点小钱。

**米哈伊尔**　什么斧子啊？恰好相反，他们说是你跑来跑去的。

**维克多**　我跑到哪儿去？

**米哈伊尔**　我不知道，你别吓他们啊。

**维克多**　我还吓他们！你知道他们……我不得不向后退到门口，我都害怕转身背对着他们。我想，既然他们现在放出来了，那一定是正常的，也可能就一点点，然而，他们却完完全全是疯狂状态。你们这儿有没有人管事啊？疯子手拿斧子到处乱跑，而你们最重要的事情却是——为迎接节日布置俱乐部。

**米哈伊尔**　他们拿什么斧子了？

**维克多**　生铁斧子啊，为了提高两倍价格，一是为了工作，二是为他们的危害。我可没有三个头啊。

**米哈伊尔**　我只是告诉你，她在那儿待过。甚至都不能说她待过，我忘了告诉你，她在那儿只是清洁工，保姆，卫生员而已。

基莫菲伊只是因为腿摔断了躺在床上。

**维克多**　你就唱吧唱吧。是的，他们是最正常的，只是每周四手里拿着棍子到处跑，要求挂着拐杖过命名日而已。

**米哈伊尔**　是的，他们都是正常人。我只是告诫你别看丹卡……

**维克多**　干吗提丹卡，这与丹卡有什么关系？如果他们任何时候都可能发作？……没关系，让他们瞎搞吧，反正我这儿有一把小刀。但是给个高价，不然我给你的可就不是山中的火蛇了！

**米哈伊尔**　我拿你们这些人可咋办啊！一边大吼：要把门锁得紧紧的，另一边则叫着要拿刀。我不是要给你解释：我是因为丹卡才说的，我怕你会有什么，而奶奶，连小猫都不会淹死的。

　　〔维克多突然安静下来，很奇怪地看着米哈伊尔。

　　你这是怎么了？

**维克多**　没什么。

**米哈伊尔**　那你为什么这样看着我？

**维克多**　我看你很正常啊。

　　〔维克多整个一下紧张起来，米哈伊尔发现这一点后，他也开始不自在了，二人都沉默下来。

**米哈伊尔**　这里不久前来了个剧团。

**维克多**　来干吗？

**米哈伊尔**　当然是演出，还能干吗？

　　〔沉默。

**米哈伊尔**　好吧，我走了，你与其……（看着维克多，闭上嘴，

小心翼翼地走了出去）

　　〔在大房间里有奶奶、丹妮娅、基莫菲伊。

**奶奶**　米什卡，他怎么样？

**米哈伊尔**　他刚刚做了什么？

**奶奶**　做了什么……一开始像疯了一样跳出来，然后向我们要号码。然后……不是他，把基莫哈推下床来？

**丹妮娅**　他自己摔下来的。

**奶奶**　都一样，他在旁边准备推来着。我用棍子把他赶跑了。那他现在干吗呢？

**米哈伊尔**　吃药，他显然想睡了。所以，你们现在可以安静地睡觉了，他到明早都不会起来的。

**丹妮娅**　你们想让我告诉你们他是怎样撒谎的吗？想吗？（走到维克多门口，敲门，打开门）

**奶奶**　丹卡，你到哪儿去？丹卡?！

　　〔丹妮娅没等维克多应答，走进了"宾馆"，在门口停下脚步，维克多抬起头来。

**丹妮娅**　您在吃药？

**维克多**　吃药？

**丹妮娅**　是的，吃药。您刚才——吃药了？

**奶奶**　（从门外喊道）丹卡，你咋不让人睡觉呢？人家都吃完药了，你还去打扰人家。够了，马上出来！

**丹妮娅**　我马上就出来，别吵，我哪儿也不去。您为什么害怕呢？

**维克多**　我？不不，我怕什么？

**奶奶**　（再次从门外喊）丹卡，如果你不马上从里面出来，我不仅

151

仅会强迫你把猫淹死，我不知道自己还会对你做什么。立马出来！

**丹妮娅** 我出来，我出来。就在那儿大喊大叫。（对维克多说）您总是这样吗？

**维克多** 哪样？

**丹妮娅** 行了，睡觉吧。（走了出来）

**奶奶** 你这是干吗？在门边站着就已经很可怕了，可他……

**丹妮娅** 您怕谁啊，他自己都那么害怕。

**米哈伊尔** 真的，你最好别到他那儿去。

**丹妮娅** 你难道还在吃醋吗？

**米哈伊尔** 我吃什么醋啊——现在还没到这一步。别去，就完了。

**丹妮娅** 你说的关于药片的话完全是信口开河！

**奶奶** 什么——药片？

**丹妮娅** 因为他根本没打算吃药，大概什么也没吃，你倒是给他点药让他吃啊。

**米哈伊尔** 他不会吃的，他肯定会想，药有毒。

**奶奶** 为啥有毒？怎么会？

**米哈伊尔** 喏，他想，也许你们……喏，拿到药他可能会这样想。

**奶奶** 是吗？他怎么会这么想？

**基莫菲伊** 他只要看看你们，就会这么想。拐杖一个月都买不回来。

**奶奶** 难道我们给谁下过毒？

**基莫菲伊** 没下过毒，不过你们已经有一周时间打算淹死猫了。

**奶奶** 一周……如果你这位千金怎么都不上房顶，难道我上去捉它们？

**丹妮娅** 你说，让别人吃东西，而你们又——想尽快淹死它们。

**奶奶** 这是因为他说——两周，怎么好像我错了。

〔卡捷琳娜走了进来。

**卡捷琳娜** 你们怎么不说话了？那人没再跑出来？

**奶奶** 我们以为他吃了药，可是他完全没吃。

**卡捷琳娜** 那好，就让人睡觉吧，明天就好了。

**基莫菲伊** 那我呢？

〔所有人疑惑地看着基莫菲伊。

我的事儿怎么办？都跑到这儿来说：药片，药片，别让我心烦。命名日聚会什么时候搞？

**奶奶** 基莫哈，难道你没看到这里的情况吗？等把这人弄走了之后，我们再考虑你的事儿。

**基莫菲伊** 难道要我再摔一次？你们为了抓住疯子做什么都可以，只是不想搞命名日聚会，对吧？

〔所有人都看着卡捷琳娜。

**奶奶** 卡吉卡？

**卡捷琳娜** 你只需记住：命名日之后你在我这儿一口酒也别想喝。

**基莫菲伊** 干吗要喝……以后我干吗要喝？以后我要跑步，要工作，以后有别的事！对我来说最重要的是现在，为了能坚持下去。

**奶奶** 什么时候搞？就明天搞吧。反正就只有自己人。

**奶奶** （对着"宾馆"门点了下头）那这位呢？

**基莫菲伊** 他会在哪里？在俱乐部还是在宾馆房间里？

**奶奶** 对，我们就这样对他说：那里是公家的地方，想做什么就可以做，我们这里要搞命名日聚会。

**丹妮娅** 喏，好了，爸爸，你的好日子来了。

**奶奶** 米什卡呢，米什卡，你把巴扬琴带来。

**丹妮娅** 难道说他也是自己人吗？（回到自己房间）

**奶奶** 那他是什么人？既然他救了我们。

**卡捷琳娜** 他，可能，带那人来就是为了拯救的。

**米哈伊尔** 我自己现在都不高兴，卡佳阿姨。

**卡捷琳娜** 好吧，就这样说定了，现在睡觉吧。

**米哈伊尔** （站起身来）明天我什么时候来？

**奶奶** 下班就来吧，你能更早吗？

**米哈伊尔** 好吧，我走了。只是你们再别惹他。

**奶奶** 等等，米什卡，他，真的，一点药都没吃吗？

**米哈伊尔** 他不吃药，可能，也早就睡了。我走了。（走出大门）

**奶奶** 不吃药可怎么睡得着啊！

**卡捷琳娜** 好像你自己倒是该吃点药。

**奶奶** 我干吗吃药？这是米什卡说的，他吃了药，我才感觉安心一点，可是现在又……

**基莫菲伊** 那你就自己吃点吧，这样我们中间哪怕有一个人能入睡也好啊。

**奶奶** 我从生下来就没吃过，年轻的时候也没吃过，现在为你们……（向卧室走去）

**卡捷琳娜** 哦，好吧，睡觉。不然明天在你面前就得踮起脚走路了。

**基莫菲伊**　你觉得，我以后不会为你想起来做这个？

**卡捷琳娜**　想得起来，想得起来。等我什么时候把腿摔断了，你也给我搞个命名日聚会，睡吧。

　　〔奶奶和丹妮娅在小卧室里，丹妮娅已经躺在床上，手里拿着书，但是她并没有看书，奶奶在铺自己的床。

　　为什么所有人都是这样：一会儿像仓库保管员，一会儿像头上顶着个口袋……

**奶奶**　什么口袋？

**丹妮娅**　布满灰尘的口袋。大家都这么说。

**奶奶**　说什么？

**丹妮娅**　睡吧，奶奶，我说自己的事儿。

**奶奶**　我也是说自己的事儿：如果他没吃药，那我们所有人都别想睡觉。

**丹妮娅**　你别说了，他都睡了，让人睡觉吧。

**奶奶**　那如果……怎么监控呢？哪怕有条小缝也好啊。我们一定要弄条小缝，要是这位走了，以后再来这样的人，我们怎么监控呢？

**丹妮娅**　奶奶，你怎么和爷爷认识的？

**奶奶**　当他这个样子在这儿跑来跑去的时候开始，所以，我和他干吗需要认识。

**丹妮娅**　流着鼻涕？

**奶奶**　谁小时候不流鼻涕。

**丹妮娅**　噢不，先看到他这个样子，然后……

**奶奶**　你去找一个不流鼻涕的。虽说流鼻涕，可是不像现在的人一样喝酒。他也不是生来就流鼻涕，你干吗胡说八道？他长得多好看啊！要不是受了伤，他还会活很久的。有一次发大水——靠着一根原木，他一点儿也不害怕，跳进水里救起了一个小孩儿。你还说流鼻涕……这是对亲爷爷说的话吗？

**丹妮娅** 也就是说，你和他是在土墙边认识的？

**奶奶** 什么土墙边啊？赶紧睡吧。

**丹妮娅** 你自己睡吧。

**奶奶** 你在这儿睡着了，门对他大大敞开，你想想吧。

**丹妮娅** 他会对你做什么啊，你们为什么那么害怕啊？如果只要是一个陌生人，你就怕他会欺骗你，抢劫你！那么在城里，如果所有人都不认识，那么，难道你一进电车或者汽车就马上这样想所有人吗？

**奶奶** 那要怎样呢？

**丹妮娅** 他们对你做了什么？又会对你做什么？

**奶奶** 没做什么，但是有可能做。

**丹妮娅** 做什么？

**奶奶** 什么……所有的脚一起踩踏。

**丹妮娅** 他们还没踩呢，你就开始想了。

**奶奶** 反正我知道，他们终究会踩的。

**丹妮娅** 那如果米什卡说，他是个好人，特别好的人，那么你肯定不会相信，而这样说——你马上就相信了。

**奶奶** 你在哪儿看到他是个好人？一住进宾馆，就要喝酒。睡觉吧，你干吗睡不着？

**丹妮娅** 我睡得着。等我夏天走了，你就一个人留在这儿了，你会想起来的。

**奶奶** 为啥我一个人？你一走，我就会一命呜呼了。

**丹妮娅** 为什么？

**奶奶** 会怎样？你一走，基莫哈和卡佳都是大人，我能做什么？

**丹妮娅** 那我现在怎么办，不走？

**奶奶** 干吗不走？学习怎么都是必需的。而且除了米什卡，你在这儿能找到什么样的人？我呢，什么时候总会死的。你走了，以后回来就是奔我的葬礼了。

**丹妮娅** "回来"……就好像是回来挖土豆……

**奶奶** 什么土豆？

**丹妮娅** 就是说你呢，睡觉吧。

**奶奶** 马上就睡，你睡吧。年轻的时候好好睡足，以后老了就睡不着了，你试试。

**丹妮娅** 行了，我已经在梦中了。

**奶奶** 那就谢天谢地啦。

　　〔灯灭了，但过了一会儿，奶奶又开了灯，她悄悄走进大房间，在那儿找到一把锁，走到宾馆门前，她想在黑暗中把锁挂到门上，维克多和仓躺在床上，几乎已经进入梦乡，被铁锁的叮当声吵醒，他跳起来，悄悄走到门口，听门外的响声。

**维克多** （尽量大声而严厉地）谁在外面？我手里可有刀子！

　　〔奶奶终究没能把锁挂上去，跑回自己的房间，飞快地躺下。叫声惊醒了基莫菲伊和卡捷琳娜，他们并没看到奶奶。

**基莫菲伊** （小声对卡捷琳娜说）是谁？

**卡捷琳娜** 这位在叫。

**基莫菲伊**　他叫什么？

**卡捷琳娜**　关于刀子，（按女人的习惯刹那间醒来，突然意识到维克多说的话）奶奶说得对，应该用锁把房门锁紧。

**基莫菲伊**　现在到哪儿去找锁，而且他也能听见。

**卡捷琳娜**　那么最好你也吼一声。

**基莫菲伊**　为啥？

**卡捷琳娜**　让他听见，我们没睡着。最好喊斧子。

**基莫菲伊**　（叫喊）喂，我说，给我拿把斧子来，小心一点！

〔他们等待着那边的反应。

〔沉默。

**卡捷琳娜**　但是，既然找不到锁，那我真的把斧子拿来。（去拿斧子）

〔维克多把门打开了一点点，从缝隙里看到了这一切。

（卡捷琳娜回到床前，把斧子交给基莫菲伊）难道，我们现在就这么坐着？

**基莫菲伊**　门响了，他在偷看。你睡吧，反正我也醒了，我坐会儿。（大声说）我再苟延残喘——喘一会儿！

〔维克多飞快地关上门，手拿刀子坐在门旁。而基莫菲伊则手拿斧子坐在床上。

# 第二幕

次日，原地，近晚时分。基莫菲伊躺在床上，奶奶从卧室向他走去。

**奶奶** 基莫哈，我还忘了给你说个事儿：他早上出去了……

**基莫菲伊** （打断奶奶）你别再说这事儿了。我都知道，我亲耳所闻，亲眼所见。整个晚上都很煎熬，谢天谢地，我们都还活着。如果说他早上是带着包走的，也就是说，他不会再回来了。米什卡会把他安顿到某个地方的——他不是告诉你了吗。你还想怎样？我们自己应该准备过节，可是，你却每分每秒都在叨叨他的事。把外套给我。

**奶奶** 干吗要外套？人还没到齐。

**基莫菲伊** 难道要我在所有人面前穿衣服？

**奶奶** （递上外套）那么，你就像个真正的过命名日的人一样，好好躺着。

**基莫菲伊** 我对你来说是什么人，故意装的吗？

**奶奶** 行了，行了，我只是说，像真正的过命名日的人一样。

**基莫菲伊** 见鬼，什么命名日啊，就这样坐着，其实还是躺着。过周年纪念都会把亲戚们全部叫来，可现在……

**奶奶**　行了，别生气了。（指着一瓶伏特加）你瞧，已经放在那儿了。你老婆很能干！早上把我叫来对我说：到仓库去，从旧鞋里拿瓶酒出来，给他看，不然他又要生气，说我们不会给他买酒。瞧见了吧，就算商店里什么都没有，她也在每双鞋里藏着酒。不管你找什么，她那儿都有存货！

**基莫菲伊**　谁挑的？他也许知道，选谁。

**奶奶**　行了，躺着吧，我马上给你找件新外套，再找件衬衣。（在衣柜里翻找）

**基莫菲伊**　你的临死时刻也会来的。

**奶奶**　你为啥说这个？

**基莫菲伊**　是这样，此时你会对一切都重新思考。临死时刻——这个词非常重要。不是时分，而是时刻。很显然，如果是时分的话，人都来不及离开，这里要说的是时刻，这可不是开玩笑的事儿。

**奶奶**　你为啥突然想起说这个？尤其是在命名日。

**基莫菲伊**　因为我想：人怎么能独自生活——这简直太可怕了。如果发生什么事，就像我现在这样，不仅是别过什么命名日，就连水都不知道该端给谁。

**奶奶**　（拿来衣服）这里，穿上吧，穿上精神点……他会回来吗？

**基莫菲伊**　你又在那儿自说自话！

**奶奶**　好吧，不说了，不说了。以前连命名日是啥都不知道，现在他这个样子，你还要搞什么命名日。没关系，就算商店都大大打开，你也搞不好的。

　　　［卡捷琳娜走了进来。

**卡捷琳娜**　瞧瞧我！差点没提前半天下班。我们过命名日的主儿怎么样？

**奶奶**　在那儿呢，全身都是新的。

**卡捷琳娜**　（对着"宾馆"点了下头）他没回来过？

**奶奶**　从早上背着包出去之后就再没见过。米什卡答应过把他安排在什么地方。可能把他带走了。不然怎么办，难道又整晚坐着不睡？

　　　　　［丹妮娅走了进来。

**丹妮娅**　爸爸今天真精神。

**卡捷琳娜**　你觉得，你爸爸比其他人差？来吧，趁我们现在还在收拾，你赶紧换衣服上房顶。

**丹妮娅**　唉，妈妈，为什么要现在上去？

**卡捷琳娜**　那你说什么时候？趁现在天还没黑赶紧上去。

**丹妮娅**　可是今天……今天是爸爸的命名日吧？

**卡捷琳娜**　那又怎样？先上去，然后再下来庆祝。

**丹妮娅**　真有你的：先淹死猫，然后再……

**卡捷琳娜**　我自己淹死它们，我说了，我自己。你只需要爬上去抓。

**丹妮娅**　爸爸，你说句话呗！

**卡捷琳娜**　干吗让爸爸说？这事儿和爸爸有什么关系？

**基莫菲伊**　卡吉卡，等等吧……她说得对，这样做是不太好。

**卡捷琳娜**　你这又是怎么啦？

**基莫菲伊**　"怎么"……我们在这儿坐下来，它们却……

**卡捷琳娜**　是的，我们坐下来，我们坐下来！那这事儿要拖到什么时候？等它们长大了，谁需要它们？谁都不知道把它们弄

161

到哪儿去？以后，等到它们眼睛都睁开了，再淹死它们，会一百倍觉得可惜。到时候拿它们怎么办？昨天就说好了，今天要准时上房顶去，是吧？

**基莫菲伊** 但无论如何都不能这样。

**丹妮娅** 爸爸是对的。

**卡捷琳娜** 你怎么就觉得是"对的"？等我自己爬上去，把手脚摔断，比这位醉鬼还厉害，这就是你说的"对的"？

**基莫菲伊** 谁是醉鬼？

**卡捷琳娜** 行了吧，又开始了。

**奶奶** 卡吉卡，可能，的确……今天……

**卡捷琳娜** 行了！行了！今天不行，明天不行，你们闭嘴吧！如果她今天不上去，你们就别想有什么命名日，什么生日，什么都不会有。我告诉你们！

**基莫菲伊** 真有意思，搞搞清楚，你在这儿看到哪个醉鬼了？

**卡捷琳娜** 一切都为了他们，我什么都做得像模像样的，可是却为此……他们在那儿像喝醉了一样，想把脚踩到哪儿，就踩到哪儿，而我却头顶着十五只猫在这儿组织什么命名日聚会。他们在这儿梳理头发一直梳到中午，过一个小时换一件衬衣，而我在他们面前碎步跑来跑去，他们却不满意……还要让我为他们……噢，不！

**基莫菲伊** 她这是故意要在我的命名日下令淹死它们！

**卡捷琳娜** 你们看看这些猫！如果她穿上了干净的衣服，那么，按他们的说法，这一天就不能淹死任何动物了？！

**基莫菲伊** 是的，就是这样！（用手向上指）甚至这些，待在那儿的，节日的时候也应该大赦，而你……

**卡捷琳娜**  烧掉所有的东西！你们就在这儿培养爱猫爱狗的人吧，你们想做什么就做什么吧，我再也不……

**奶奶**  对的，卡吉卡。让它们活过今天吧。不然会有某个猫界的上帝会因为这一天清算我们的。

**卡捷琳娜**  清算，会清算我们的！你们收拾吧，我去换衣服。

　　　[卡佳走进小房间，奶奶和丹妮娅摆桌子。

**奶奶**  谢天谢地！我还以为，又要闹起来。

　　　[米哈伊尔背着巴扬琴走了进来。

**基莫菲伊**  哦，音乐来了！进来，米哈伊尔，来坐。

**奶奶**  怎么，把他安顿在别处了？

**米哈伊尔**  是这样的……解决了。一起都顺利解决了，奶奶！

**奶奶**  那，你为他决定的？

**米哈伊尔**  正在解决，我告诉你，问题正在解决中。

**奶奶**  "正在解决中"……等你们解决的时候，他就带着刀子出现了。

**基莫菲伊**  告诉你，解决了，还要怎样啊？

**米哈伊尔**  一切都会好的，怎么，需要我对你发誓？

**奶奶**  要这样说就好了，可是你说的"正在解决中"……

　　　[穿戴整齐的卡捷琳娜走了进来。

**卡捷琳娜**  瞧瞧我，寿星的妻子！我们大家都坐下来吧！

**奶奶**  虽说不是所有人，但我们也没请别的人。丹卡，来吧，开始了。

　　　[丹妮娅走了进来，所有人都坐到了自己的位子上。

**基莫菲伊** 米哈伊尔，给大家倒酒，我在床上不方便。

　　〔米哈伊尔默默地给大家倒酒。

**卡捷琳娜** （站起来）喏，基莫菲伊，虽然你现在腿脚不方便，但今天我们还是迎来了这个愉快的家庭节日。我们在这里相聚，全是自己人，谁也不会对你说不好的话。可能，以前有过这样的情况，但是请你原谅我们。我们一起养大了女儿，也给儿子找了一门不错的亲事，最重要的——奶奶，你的妈妈，还很健康，她一辈子为我们做了很多好事，我也不会对她出言不逊的。而我对你来说是个什么样的媳妇儿，你自己也可以做出判断，我是怎样投你所好的。

**奶奶** 好媳妇，好媳妇，不可能找到更好的了。

**卡捷琳娜** 既然我是个不错的媳妇，那就请你们举杯，为我的丈夫，基莫菲伊·伊万诺维奇，为他的家庭干杯。来吧。

**基莫菲伊** 谢谢，卡吉卡，谢谢，卡捷琳娜！

**奶奶** 喝吧，喝吧，干吗要说"谢谢"，然后她再说。你们看得到，她很会说话的。就像你老爸，伊万，他常常就是这样，站起身来了，捋捋胡子，严肃地看着所有人，然后开始说话……往往，所有人都会恳求他。丹卡，你这个女儿也说几句吧。

**卡捷琳娜** 一杯还没干，你就……

**奶奶** 喏，吃吧，那就吃吧。米什卡，你吃吧，待会再弹巴扬琴。

**基莫菲伊** 让我也说几句吧，倒酒，米哈伊尔。

**奶奶** 你怎么说啊，难道就在床上说？

**卡捷琳娜** 那他在哪儿说，桌上？

**奶奶**　应该那样，讲话嘛，一般都应该站着……像伊万的样子，像老爷子的样子，我刚刚已经说过了。

**卡捷琳娜**　像老爷子的样子……他腿不方便怎么站起来？

**奶奶**　那难道就在床上说？

**卡捷琳娜**　他现在能在哪里说？想开些吧！说吧，基莫菲伊。

**奶奶**　哪怕让他……

**卡捷琳娜**　什么？

**奶奶**　就让米什卡和丹卡把他扶起来一点点，他再对我们说。

**基莫菲伊**　为啥要扶我起来？

**卡捷琳娜**　您是我们伟大的受难者、庇护者，你干吗对一个腿脚不方便的人纠缠不休？就让他在床上说吧，最重要的是，能听见就行。

**奶奶**　"能听见"……我想他像真正的伊万一样。

**卡捷琳娜**　那现在怎么办？

**奶奶**　就那样吧，让他说吧。

**卡捷琳娜**　说吧，基莫菲伊。

**奶奶**　基莫哈，那你严肃点。

　　　　〔基莫菲伊手里端着酒杯，稍稍欠身，清了清嗓子，没说话。
　　　　你怎么啦，为啥不说话？

**基莫菲伊**　（有那么一刻还在脑中搜寻词语，但是突然一个人快速地干了手中的酒）"捋捋胡子……"我哪有什么胡子？他那是什么时候？那样才该好好讲讲话。

**卡捷琳娜**　这可是真话——哪有什么胡子，哪有什么"像老爷子一样"？他有自己的智慧，自己的说法，如果要"像老爷子一样"，那就只能那样。没关系，基莫菲伊，喝完第二杯再讲。

**奶奶**　我没关系啊，我要什么？什么时候想说就让他什么时候说。

**丹妮娅**　没关系，爸爸，我们所有人都明白。

**基莫菲伊**　我想说，这个……我怎么能像老爸那样讲话，我已经几乎不记得他了？

**卡捷琳娜**　而且还坐了整整一个晚上，像个过命名日的人那样，而且手里还拿着斧子。

　　　　[维克多走了进来，显然，他被冻坏了。看到大家围坐在酒席边，就在门口停了下来。米哈伊尔从桌旁跳起来，向他跑过去。

**米哈伊尔**　回来了？这就对了。我想去找你，你瞧，这……现在完全聚齐了，你也来了。走吧，（对所有人说）这就是维克多，在俱乐部冻坏了，他得在这儿过夜，你们认识他的。（对维克多说）这是房东一家子。

**丹妮娅**　而且，我们在过生日。

**维克多**　是的，我知道，每周都过。祝贺！

**米哈伊尔**　噢，还祝贺呢，你们不是说……喈，走吧。

　　　　[走进宾馆。

**维克多**　听着，朋友，为这事我们得忙一阵子了。你怎么给我说的？

**米哈伊尔**　哪儿都找不到地方，跑了三个孤独的娘们儿家，但是有人已经放出风去，说你……喈，在这儿手里有刀。没有一个愿意哪怕说一句话。你在家里说话都口吃，可是现在却掐我的脖子。我能把你弄到哪儿去啊？

**维克多**　连走进去说句话都不行吗？我在那儿等啊，等啊，差点没死掉。给我找个住的地方！难道又让我晚上不睡觉？何况他们还在喝酒……

**米哈伊尔**　其实他们都是正常人，还能怎么给你说呢，你为什么不相信我？他们坐在那儿，如果他们是傻瓜，他们怎么会搞命名日聚会呢？

**维克多**　那是当然，只有最聪明的人才会每周都搞命名日聚会。

**米哈伊尔**　给你说的一切，都是我编出来的，你为什么要对他们说"每周"这话呢。行了，休息吧，明天我们再想想怎么办，他们在等我呢。

**维克多**　为什么这儿的门没有锁钩？

**米哈伊尔**　为什么？因为都是自己人啊。行了，我走了，你休息吧。

　　　　〔米哈伊尔走到桌边。

**奶奶**　你是怎么给我们说的……

**米哈伊尔**　我能把他弄到哪儿去？哪儿？你们自己放出风去，散布不利于他的说法，现在谁还会接受他呢？

**卡捷琳娜**　什么说法？

**米哈伊尔**　就是他是疯子。

**奶奶**　我没说什么啊……我只说了刀子的事儿。那又怎么了？坐在这儿发抖还什么都不能说吗？

**米哈伊尔**　现在你试试怎么安顿他。

**卡捷琳娜**　为什么好像应该给某人说？

**奶奶**　（对米哈伊尔说）那你为什么不早说？还说给他另外安排了

167

　　住处……我们哪怕做点准备，可是现在……

**米哈伊尔**　不想扰乱你们的生活，跑了好几个地方，连坐都没坐
　　会儿。

**奶奶**　那现在怎么办？

**米哈伊尔**　他早就睡了，在那儿冻坏了。好了，他既然进去了，
　　大家就忘了他吧。

**奶奶**　怎么忘啊……昨天也说——睡了……

　　　　［所有人都沉默了。

　　　　他说，每周……这个"每周"是什么意思啊？

**米哈伊尔**　喏，这个……当他还在那儿的时候，当然是很早以前，
　　喏，他们在那儿没事可干，所以就每周搞。他想，也许，你
　　们也这样……

**奶奶**　什么叫——也？

**米哈伊尔**　喏，也……就是你们也这样搞。

**奶奶**　啊，难道我们也每周搞？

**卡捷琳娜**　他不是说我们，他说的是他们那些人。喏，大概把我
　　们也当他们那些人了吧。

**奶奶**　为啥把我们当那些人，难道，我们也是这样的？

**卡捷琳娜**　谁告诉你的？他是在看我们的时候，想起了他们那
　　些人。

**奶奶**　为啥会想起，难道，我们像那些人？

**卡捷琳娜**　谁告诉你"我们像"的？他只是看到，然后就想起
　　来了。

**米哈伊尔**　顺便想起。

卡捷琳娜　什么？

米哈伊尔　我说，顺便想起。

卡捷琳娜　为什么顺便？

奶奶　为啥在看到我们的时候会想起？

卡捷琳娜　想开些吧！难道，按你的想法，如果有人看到你，那么他就不该想到疯人院？

奶奶　我没这样说，让他想呗，只是……

卡捷琳娜　你为啥又"只是"？

奶奶　就是为啥说每周？

丹妮娅　你们够了。完全把爸爸忘了！

　　　　［所有人都看着基莫菲伊。

基莫菲伊　如果每周搞，那么他们去哪儿找？

卡捷琳娜　找谁？

基莫菲伊　伏特加啊？

米哈伊尔　他们用的是水，谁会给他们伏特加啊？其实，我什么都不知道。他是个正常的小伙子，你们要他怎样？

　　　　［维克多在他房间内敲门。

维克多　米哈伊尔，你进来一下，可以吗？

奶奶　米什卡，你去吗？

米哈伊尔　（对维克多说）马上来！（对所有人说）你们继续。你们要干吗？坐下，你们自己……我马上就回来。

　　　　［向维克多房间走去。

维克多　帮我拿把锤子和几根钉了来。

米哈伊尔　你要干吗？

169

**维克多**　难道让我在椅子上再坐一个通宵？一天一夜没吃饭，冻得像狗，这儿又没有锁钩。

**米哈伊尔**　你说得对，我的确忘了给你带吃的。白天跑了一整天，到处找住处，还被叫到村委会去了。我现在就去给你找点吃的。

**维克多**　我什么都不要，我自己……坐下，帮我找把锤子和几根钉子。

**米哈伊尔**　你为什么要锤子啊？你一敲，他们又要想……喏，睡吧，躺下睡吧！或者我去给你找点吃的。

**维克多**　听着，朋友，如果你现在不去给我找把最大的锤子来，我就要让你们好看！我现在没什么好怕的了：总而言之，在这里要么冻死，要么饿死，所以我要你们……甚至商店里连面包都没有！快去找把锤子来！

**米哈伊尔**　好吧，如果你这么害怕，那就让他们从外面把门锁上。他们自己也这样建议来着。

**维克多**　这样做就可以在没有任何见证人的情况下把我干掉？

**米哈伊尔**　还有钥匙啊，钥匙是干吗的？

**维克多**　钥匙放在谁手里？

**米哈伊尔**　放谁那儿都行啊。喏，你觉得放谁那儿？给你也行啊，只是从门缝里塞进来，怎么样？

**维克多**　你别用钥匙来搪塞我，你快去帮我找锤子吧，再找点铁丝。

**米哈伊尔**　你听着，我们走，我们走吧，不然你真的会饿死，到时会找我们算账的。你怕谁啊？我会在你身边。他们昨天还很吃惊呢，为啥你什么都不吃，甚至还想给你端点进来。你看看，自己就能证明，这些人都是正常人，然后就安安心心地睡觉了。你需要吃点热乎的东西。那边有酒——喝完你马上就会暖和起来的。我们走吧，他们什么都准备好了。

　　［维克多再也没有力气抵抗饥饿感，就只能任由米哈伊尔把他领到桌边。

　　瞧，这是维克多，他很饿，什么都没吃。我早上本来想给他带点什么吃的来，而且他还为了找房子到处跑。让我们坐下吧。

**丹妮娅**　我这就让他。

　　［给维克多挪了一个位子，他坐了下来。

**米哈伊尔**　（给维克多倒酒）嗬，因为过命名日的人，现在你一下子就会暖和起来的。

**奶奶**　（试图用手势吸引米哈伊尔的注意力）要知道……米什卡……你们然后怎么办？基莫哈，卡吉卡，你们为啥不说话，要知道他们不能这样。

**米哈伊尔**　奶奶，安静，安静，一切都没问题。（对维克多说）来吧。

**维克多**　（显然，他决定对一切都不在意，只是吃点东西；端起酒杯）祝你们坦克手日快乐！

　　［所有人交换了一下眼神。

**基莫菲伊**　也祝你快乐！

**米哈伊尔**　（对维克多说）忘掉什么坦克手，忘掉那些口号，干脆把一切都忘掉，喝吧。

〔维克多把酒干了。

**基莫菲伊**　也祝你快乐！

**米哈伊尔**　现在吃点东西。

〔维克多开始吃，所有人都看着他。

该有的下酒菜都有，都是拿手菜，你马上就会暖和起来。

**奶奶**　他自己可说过——有毒。我们什么时候毒害过谁吗？

〔维克多不由自主涌起一股想呕吐的感觉，他停下不再
吃，默默地把叉子放到桌上。

**米哈伊尔**　你干吗要打岔啊？你在哪儿看到过被毒害的东西？

**奶奶**　是你自己说的：下过毒的，你说，他不会吃的。

**米哈伊尔**　为什么，为啥要下毒？（对维克多说）吃吧，你怕什
么？你到底听谁的！

**维克多**　谢谢，我吃够了。（环顾四周，像是要走）

**米哈伊尔**　什么"吃够了"，一天一夜都没进食。喏，奶奶，你
不该这样！找合适的时间再说下毒的事儿吧。现在他都没法
吃了。

**卡捷琳娜**　什么下毒？从何说起？

**米哈伊尔**　（对奶奶点了下头）她都知道。

**奶奶**　这是他自己说的。丹卡说给他拿点吃的过去，而他——米
什卡，却说，他不会吃下毒的东西。

**米哈伊尔**　我说的是：他会想这是下了毒的。

**奶奶**　对啊，就是这样说的：他会想，他说，就不会吃的。

**米哈伊尔**　不想和她争论。

**卡捷琳娜**　你们什么时候打算给他下毒了？

**奶奶** 就是昨天，那个时候。

**米哈伊尔** 谁给谁下毒啊？我专门把人带过来，是想让他自己搞清楚，可是他们却给他说什么下毒。

〔维克多，显然不打算采取什么尖锐的行动，因为这样的行为有可能使他的处境更加艰难，因此，他在完全意识到危险性之后，留在了桌旁。

你别听任何人的话，吃吧，吃吧。嗒，来吧，来吧，我自己也从你的盘子里挑一点。（挑了一点，吃了起来）你瞧，我吃了，怎么样，你觉得我完了吗？吃吧！如果你还没把俱乐部的事儿做完，毒死你对我们有什么好处呢？你自己想想吧！

**维克多** 可我是认真——我真吃饱了，我平时都吃得很少。谢谢！
（慢腾腾地从桌边站起来）

**米哈伊尔** （拦住他）等等，嗒，等等。那你给他们讲点什么好了，让他们明白，而且不再害怕。你瞧，奶奶害怕。你就说说吧。或者你向他们问点什么，他们回答，然后你自己就明白了。你们之间三句话都没说上，就提到斧子。来吧，来说说，不然他们真的会想……

**维克多** 我，应该说，对此的态度非常正常。

**米哈伊尔** 对什么？

**维克多** 嗒……对这件事。我也有朋友在精神病院。嗒，在这样的医院……治疗精神疾病的。他们就是这样的人。我，不知道，为什么，如果一个人在那儿待过，立刻就对他……嗒，也就是待过，然后就出去了。（试图微笑）一般来说——我们该做什么？

**米哈伊尔** 这么说，你自己，难道，在那儿待过？

**维克多** 我也不知道……怎么对你们来说更好……但我也有很多
这样的朋友。我不知道，为什么立刻就对我……我，其实，
完全能平静地对待此事，甚至从没想过。

**奶奶** 是啊，我们也是这样啊。关于下毒这事只是米什卡想出来
的，我们自己呢，——我们坐在这儿，只是搞搞命名日聚会。

**丹妮娅** 我也什么都不明白。

**维克多** （站了起来）谢谢！

**卡捷琳娜** 不用谢。

**米哈伊尔** 等等……（向维克多走去，但是，遇到他的目光，停
下了脚步）你走了？那好吧，走吧。不吃饭，那现在哪怕是
早点睡也好。

　　　［维克多尽量不用背对着大家，向自己的房间走去，然后
快速地关上门。

　　　他为什么这样看着我？

**奶奶** 他这样看所有人。

**米哈伊尔** 我都不知道，他在那儿待过。

**奶奶** 他不知道……

**米哈伊尔** 我给你们说过，我自己其实是不知道的。是的，我看
到了：他时不时地就有可能跳起来。不知道为什么他突然变
得口吃起来。而且老是追问，我是不是你们的亲戚。

**卡捷琳娜** 这和"亲戚"有什么关系？

**米哈伊尔** 可不嘛……如果是亲戚，也就是说，他想，也是。

**卡捷琳娜** 什么叫"也是"？

**米哈伊尔** 喏，他想，我也在那儿待过。那，如果待过，那么我对于他来说就好像亲戚一样，他们互相之间是很尊重的，这就是探探我的口气。甚至还要求我加价。

**奶奶** 你最好就说，是亲戚。可能，这样能互相谅解，谁也不碰谁，而且还可以睡个好觉。

**米哈伊尔** 和你们和解吧！我还没来得及说，就都跑开了，谁也不听我的。

**卡捷琳娜** 那什么，基莫菲伊，是不是把你的好事都给搅了？

**米哈伊尔** 这样吧，基莫菲伊叔叔，让我们接着喝吧？谁能干扰我们喝酒？（给大家倒酒）

**奶奶** 我们小声点，但无论如何都要继续，不然，难道让基莫哈白打扮了？

**米哈伊尔** 好了，倒好了，来吧！

**卡捷琳娜** （端起酒杯，站起来）那大家一起来！既然聚到一起，那就小声点也行。基莫菲伊，为你干杯！你只需做你自己，我会陪你到生命最后的时刻！有些东西我们今生完全不能理解，既然不理解，那我们就能怎么生活就怎么生活，按自己的方式生活。而你的节日……（试图抑制住眼泪）你的节日……可能，什么时候会有节日的。（坐下用手捂住脸）

**丹妮娅** 妈，你怎么了，妈妈。

**奶奶** 卡吉卡，你怎么了？

**卡捷琳娜** 很清楚，我过于激动了。

**奶奶** 你这样是为啥？

**卡捷琳娜** 有那么一点点委屈。所有人都可以奔跑，可以叫喊，可以哭闹，可以想给谁下毒就给谁下毒，不明白，现在这里谁是傻瓜，谁是聪明人，而他躺在这里，像一个被遗忘的孤儿。等啊等啊，哪怕有一天，他想，可是这儿还是顾不上他。带了个人来，来做装修的，干吗装修，而我们这儿这个人一辈子像牛马一样拼命工作，等着，哪怕有一天，对他给予关注——终于等到了这一天！显然，我们要做的只是淹死猫，还信任我们。

**丹妮娅** 妈妈，你干吗这样，妈妈？我们大家都……（对米哈伊尔愤愤地说）就是这个人搞的这一切，都是因为他，该死的库管员。

**米哈伊尔** 你怎么能这么说呢，丹妮，和我有什么关系？我是冲基莫菲伊叔叔来的……还带了巴扬琴来。（抓起巴扬琴）来吧，来吧，基莫菲伊叔叔，让我们来祝福你的一生吧！

**奶奶** 你为腿脚不方便的人拉什么舞曲啊？

**丹妮娅** 他从一开始就嘲弄我们。

**米哈伊尔** 你怎么这么说啊，丹妮娅！我怎么会嘲弄你们，我怎么对你，你是知道的！我做一切都是为了你！

**丹妮娅** 我不需要你做什么，从这儿走开！

**米哈伊尔** 丹妮娅，我都是为了你，我怎么对你，你是知道的！

**卡捷琳娜** 丹卡，难道你没从这儿走，是他的错？

**丹妮娅** 就是他，就是他做的这一切，现在爸爸也是因为他。

**米哈伊尔** 丹妮娅，你现在简直……我怎么对你，你是知道的……你现在简直……你们告诉她吧！丹妮娅，你也看到了，周围

的一切怎么样，我们应该在一起。你瞧你的父母，你看，他
们相互之间怎么样，我们也应该这样。

**丹妮娅** 妈妈，奶奶，让他走，嗐，把他赶出去，我不能再看见
他。你走吧！

**米哈伊尔** 你怎么了，丹妮娅！（试图看每个人的眼睛，可是所
有人都移开了目光）卡吉卡阿姨？基莫菲伊叔叔？奶奶，告
诉她！

**丹妮娅** 你走吧！

**米哈伊尔** （仍然在求得大家的同情，然后向"宾馆"门冲过去，
用拳头敲门）啊，坏蛋，一切都是因为你！这都是你搞出来
的！专门到这儿来，坏蛋，就是为了毁了我的生活！我杀了
你这个坏蛋！

[这边用拳头敲着门，维克多从另一边用床头柜造了一堵
墙。米哈伊尔平息下来，从大门外传来小猫的喵呜叫声和大
猫的尖叫声。所有人都安静下来听着外面的动静。维克多则
把这种安静理解为准备进攻。

**维克多** 你们闯进来吧！我就在这里，等着你们这群疯子！我有
三把刀等着你们！

**奶奶** 米什卡，把锁找来，快把门锁上！

**米哈伊尔** 在哪儿？

**奶奶** （跑去找锁）这里，这里，快关上。

[米哈伊尔挂上了锁。小猫的喵呜叫声和大猫的尖叫声还
没停下来。奶奶打开大门，向外看。

**卡捷琳娜** 拿来了？

**奶奶** （关上房门）不然怎么样？只是别夸张——一直坐到出现为止！

**卡捷琳娜** 我对你们说过吧？我还是什么时候告诉过你们？现在你们自己去抓住它们然后淹死它们！你们想做什么就做什么，我现在一根指头也不会碰它们的。

　　[米哈伊尔心里燃起了恢复关系的希望，他忙上忙下，四处跑着为所有人效劳。可是接下来——只有接连不断的叫声。

**米哈伊尔** 卡吉卡阿姨，我来，让我来淹死它们。干吗要叫她们呢，她们都是女人，而我一下子就能淹死它们。桶呢，桶在哪儿？

**维克多** 我要亲自把你淹死，可怜的疯子！只要你们敢闯进来，我在这儿把你们所有人都淹死！我在这儿给你们搞个坦克手日！

**奶奶** （对维克多）你在那儿大吵大闹干吗？你以为，只要是坦克手，就可以大吵大闹吗？你有药，就吃点药，别发脾气！

**米哈伊尔** 我马上，一下子就好！丹妮娅，你别看。基莫哈叔叔，桶呢，桶在哪儿？有桶丹妮娅就看不见了。

**维克多** 警察！放我出去！议员！我需要议员！把议员带到这儿来！

**米哈伊尔** （从门旁跑过）你喊什么喊！我淹死了它们再来和你算账。水呢，哪儿有水？

**丹妮娅** 别碰它们，我把它们带到学校去。

**米哈伊尔** 丹妮娅，这样一点都不疼。它们一分钟之内就会呛死。丹妮，只需一分钟就完了，没什么的。

178

**维克多**　放我出去！我也是疯子！我也在疯人院待过！我也和所有人一样是疯子，放我出去！……

[被所有人遗忘的基莫菲伊突然开始唱起歌来。所有人不解地看着他。丹妮娅第一个明白了，也和着歌声唱了起来。卡捷琳娜走到床前，奶奶，米哈伊尔，一下子——像是和一切作对一样——唱起一首古老的几乎已经被遗忘的歌。

——幕落

# 萨尼娅、万尼亚，还有里马斯

两幕剧

弗拉基米尔·古尔金　著

张俊翔　译

## 作者简介

弗拉基米尔·帕夫洛维奇·古尔金（Владимир Павлович Гуркин, 1951—2010），俄罗斯演员、剧作家、编剧和导演。出生于彼尔姆州瓦西里耶沃村一个拖拉机手家庭。1971年毕业于伊尔库茨克戏剧学校表演部。

## 译者简介

张俊翔，南京大学外国语学院副教授，博士毕业于俄罗斯国立莫斯科大学。代表译著有《叶尔特舍夫一家》《马蒂斯》《最后的守护人》《2017》《托洛茨基传》《未经修改的档案·赫鲁晓夫传》《午夜日记——叶利钦自传》《俄罗斯大众传媒》。

# 人  物

亚历山德拉<sup>①</sup>

安娜<sup>②</sup> 〕姐妹。

索菲娅<sup>③</sup>

彼得·彼得罗维奇·鲁达科夫<sup>④</sup>——索菲娅的丈夫。

热尼娅<sup>⑤</sup>——鲁达科夫夫妇的女儿。

伊万·杰缅季耶维奇·克拉斯诺晓科夫<sup>⑥</sup>——亚历山德拉的丈夫。

里马斯·阿尔贝托维奇·帕季斯——单身汉。

---

① 亚历山德拉，剧中将出现亚历山德拉的小名萨尼娅、萨莎、舒拉，昵称萨什卡、舒尔卡。

② 安娜，剧中将出现安娜的小名纽拉、昵称纽尔卡。

③ 索菲娅，剧中将出现索菲娅的小名索尼娅、昵称松卡。

④ 彼得·彼得罗维奇·鲁达科夫，剧中将出现彼得·彼得罗维奇·鲁达科夫的小名彼佳、昵称彼得卡。

⑤ 热尼娅，是叶夫根尼娅的小名，剧中将出现叶夫根尼娅的昵称叶涅奇卡、叶妮卡。

⑥ 伊万·杰缅季耶维奇·克拉斯诺晓科夫：剧中将出现伊万·杰缅季耶维奇·克拉斯诺晓科夫的小名万尼亚、万涅奇克，昵称万卡。

# 第一幕

## 第一场

七月。午后。村外的斜坡，热尼娅坐着。亚历山德拉上。

**亚历山德拉**　热尼娅！你跑这儿来了。大家到处找你！湖畔、河边都找遍了……喔唷。(在旁边坐下)哭了？哎哟！维奇卡[①]在哪儿？听到没有？维奇卡呢？

**热尼娅**　树丛下面。睡觉呢。那边。

**亚历山德拉**　你怎么把他扔那边？要给蛇咬了……

**热尼娅**　我给他筑了一道防线。

**亚历山德拉**　什么防线啊？

**热尼娅**　在他周围做了标记。

**亚历山德拉**　什么意思？

**热尼娅**　呃，就像……就像动物做标记那样。在树丛周围撒了尿。不管耗子还是蛇，一闻到就会溜走。

**亚历山德拉**　啊哟——哟——哟！(笑)啊哟——哟！谁教你这么干的？

---

[①]　维奇卡，维克托的昵称，剧中将出现维克托的小名维佳。

184

**热尼娅**　你们家的万尼亚姨夫。他总这么干。在装着马林果和蘑菇的篮子周围撒尿。很管用。连熊都害怕。

**亚历山德拉**　我可不知道。

**热尼娅**　你真不知道，教母？男孩子都那么干。

**亚历山德拉**　（笑着）我真不知道！哎，这些人啊……你瞧瞧，都想些什么点子啊？真够聪明的……确实，动物一闻就会溜走，不想沾边。倒是也在我们国家周围撒点儿什么啊，让德国法西斯没法侵犯……哎，也迟了——都已经入侵了。（沉默片刻）我说，你妈把你弄丢了。她马上就跟纽尔卡过来。她们先去湖边了，你居然在这儿坐着，两眼通红。说说，为什么哭啊？丢东西了？谁欺负你了？

**热尼娅**　纽拉姨妈的肚子又大了。

**亚历山德拉**　你说什么？

**热尼娅**　是的！冬天差不多就要生了。

**亚历山德拉**　啊——呀！连你都注意到了。我就跟瞎了似的，什么都没发现。

**热尼娅**　她可怎么生啊，教母？还在……打仗呢。

**亚历山德拉**　你怎么发现的？会不会是搞错了？

**热尼娅**　那她怎么总到我们家要酸黄瓜吃？

**亚历山德拉**　上帝，女人都喜欢吃黄瓜，所以她要啊。

**热尼娅**　你知道她一次能吃多少？满满一小盆。

**亚历山德拉**　说明腌得好。

**热尼娅**　是吗？都管她叫盆子——她能吃一盆。而且她还抠石灰。

**亚历山德拉**　干什么？

185

**热尼娅** 抠下来吃。怀科利卡的时候就这么干，怀着谢廖日卡的时候也是如此，怀卡普卡的时候还是。她跟我要过很多次粉笔，我从学校里给她拿。

**亚历山德拉** 粉笔也吃？

**热尼娅** 是啊！粉笔也吃！

**亚历山德拉** 看来是身体需要。身体里面大概缺一些元素……是叫元素吧？

**热尼娅** 是元素。

**亚历山德拉** 哦！元素。所以她想吃。那就让她吃，你操什么心啊？瞧，上帝连一个孩子都不给我……如果现在有人说："亚历山德拉，给你满满一桶石灰，坐下来吃吧。吃完一桶你就会有孩子的。"我肯定愿意狼吞虎咽地把一桶都吃光。说真的。

**热尼娅** 那你马上就会死。

**亚历山德拉** 有那样的好事等着，死也不怕。

**热尼娅** （沉默片刻，把头靠到她肩上）教母……

**亚历山德拉** 嗯？

**热尼娅** 要是你生了孩子，我愿意跑前跑后地照顾，帮你打下手……

**亚历山德拉** 哼，就是没有，没有啊。怎么让你照顾？变一个出来？也不知道怎么回事……要么我不行，要么我丈夫不中用。

**热尼娅** 跟万尼亚姨夫去一趟克拉斯诺斯鲁特卡，或者去州里面，莫洛托夫的妇产科医院，弄弄清楚。那里肯定能查明白。

**亚历山德拉** 你说什么啊！我怕！万一他们说……说，亚历山德拉·阿列克谢耶夫娜，您无法享受女人的幸福，您的身体

有缺陷，别再盼着孩子了……总之别抱希望了。那我立马就
上吊。

**热尼娅**　为什么啊？

**亚历山德拉**　得跟伊万讲吧。他肯定会想：难道我就这样到死都
没孩子、没儿子？男人最想要的永远都是儿子。喏，你们家
生了维奇卡，彼得在村子里庆祝了整整一个星期，把所有人
都亲了个遍，幸福得不得了。

**热尼娅**　是啊，喝得大醉，还差点儿跟运木材的工人一起掉进水
里了。

**亚历山德拉**　就是太幸福了。所以啊……伊万摸摸后脑勺一想，
把我逮到跟前说：我没用的老婆啊，我爱你，但还是要去找
个婆娘给我生儿子。

**热尼娅**　万尼亚姨夫一辈子都不会去找任何人！

**亚历山德拉**　会——的。他要是耍起横来，什么都拦不住。

**热尼娅**　你呢？

**亚历山德拉**　我什么啊？让他去呗。我们家的镰刀跟刮胡刀一样
锋利。只要挥两下就行了……先给我的翘鼻子公狗来一刀，
再往自己身上割一下。搞出这么一场悲剧来，还不如不闹腾，
直接上吊。

**热尼娅**　那要是医生说万尼亚有问题，要是因为他你们才没孩
子呢？

**亚历山德拉**　那会好一点儿。我不会给他戴绿帽子。从另外一个
方面来说，他就会很痛苦。一辈子都有愧于我？干什么啊？
我可不想这样。叶涅奇卡，让那些医院滚一边去。兴许命运

还会善待我们，上帝还能给我们一个孩子。我们在你家澡堂里生炉子了，今天好好洗洗。咱们走，要不你妈又得揍你了。你知道，没有你她可一分钟都活不下去。

〔热尼娅从树丛下把裹在襁褓里的婴儿抱过来。

你妈自己冲过来了。纽拉跟她一起的。哎！这儿呢！

〔索菲娅和安娜上。

**索菲娅** 叶妮卡，你躲起来干什么？没事儿做啊？害得大家满村子找你！（把孩子抱过去）睡着呢？

**亚历山德拉** 你们倒是先让小姑娘喘口气。

**索菲娅** 得了，她可真是够累的。（端详儿子）咱没被蜘蛛咬吧？似乎没有。

**热尼娅** 妈妈，我能去趟湖边吗？

**索菲娅** 把什么东西落那儿了？

**亚历山德拉** 小姑娘想玩玩水，什么东西……

**索菲娅** 家里的事情多得不得了，她还要玩玩水……天也快黑了。

**热尼娅** 我很快，就扎个猛子。

**索菲娅** 把鸡赶回家啊。又跑到山沟里去了。游一会儿就把它们赶回家，听到了？

**热尼娅** （一边跑开）行！

**索菲娅** 那些鸡只听她一个人的。见到我跟她爸就乱跑，但跟在她后面就像受过训练一样，还你争我抢的。你瞧着。

**亚历山德拉** 小姑娘真能干。对她好点儿。她淘气的日子差不多也到头了。

**索菲娅** 我对她挺好的。你倒是跟咱们老大纽尔卡说说。老让她

围着自己的孩子转。"热尼娅，喂饭。热尼娅，看着点儿，热
尼娅……"她是你的用人？

**安娜** 呃，侄女。

**索菲娅** 喏，现在还让她挑水吧？

**亚历山德拉** 纽拉，你怎么回事，又怀孕了？

**索菲娅** 纽尔卡！……

**安娜** （摸摸自己的肚子）很明显，是吗？

　　　　〔片刻的停顿。

**索菲娅** 生了可怎么办啊？

**亚历山德拉** 生了就用盐腌上。仗打得这么激烈，他们还在造孩子。

**索菲娅** 怎么搞的，你跟米哈伊尔① 疯了吗？

**安娜** （摆摆手）据说再过三个星期仗就打完了。

**索菲娅** 三个星期已经过了。会不会数数啊？

**安娜** （嘟囔）三……四……顶多再过半年就打完了，你们看
着吧。

**亚历山德拉** 嗯，嗯！已经把明斯克和整个白俄罗斯都拿下了！

**索菲娅** 要是还得打一两年呢？你们靠什么养活这帮孩子？

**亚历山德拉** 你说什么呢，索尼娅？！什么两年？！半年！斯大林
跟希特勒好像都说还有半年吧？是吗，纽拉？

**安娜** 我有什么办法？我故意地啊？争先恐后地往外冒。你们以
为我不着急啊？

　　　　〔停顿。

**亚历山德拉** （叹了一口气）啊——哈——哈——哈。没孩子不行，

---

① 米哈伊尔，剧中将出现米哈伊尔的小名米沙、昵称米什卡。

有了吧，又不知道怎么才能让他们不受饥饿、寒冷、战争这些鬼东西的侵袭。什么时候才有消停的日子啊？

**索菲娅** （走到舞台深处的斜坡边）今天丘索瓦亚河真漂亮。你们看，闪闪发光。

**安娜** 萨尼娅，战争可能……打不到我们这里来吧？

**亚历山德拉** 以前反正都没打过来。

**索菲娅** （用手掌挡住眼睛，避开太阳）上帝啊……古巴廖夫！主席！

**安娜** 在哪儿？

**索菲娅** 那儿！下面！他这是去哪里啊？跑得飞快。

**亚历山德拉** 姑娘们，后面有头牛在追他……

**安娜** 若拉 ①，我觉得是若尔卡，啊呀！

**索菲娅** 天哪……不会拐到这儿来吧？会把我们跟维奇卡都顶死的。

**安娜** 不会啦，往河边跑了。

　　　　[ 彼得和伊万气喘吁吁地上。

**伊万** 萨尼娅！

**亚历山德拉** 啊！

**伊万** 看到主席了？

**亚历山德拉** 可真把我给吓着了。

**安娜** 喏，往丘索瓦亚河冲呢。

**索菲娅** 彼佳，有头牛在追他！

**彼得** 快，伊万。（跑开）

**伊万** 在这儿等着。（跟着彼得跑开）

---

① 若拉，剧中将出现若拉的昵称若尔卡、若鲁什卡。

［热尼娅上。

**热尼娅** 妈妈！教母！若尔卡从农场里跑了！爸爸和万尼亚姨夫在逮它呢！

**索菲娅** 抱着维奇卡赶紧回家。你没去湖边？

**热尼娅** 我碰到爸爸了……（把婴儿抱过去）他说若尔卡跑了……你和维佳还在这儿呢……担心万一出事。

**索菲娅** 嗯，真棒。赶紧回家，我们这就来。在家里等爸爸。赶紧。

**热尼娅** 好。（离开）

**亚历山德拉** 从这儿已经看不到他们了。哎哟，农场的饲养员都出动了……

**索菲娅** 那头牛好像挺温顺的，从来没撺过人。

**安娜** 看来它不喜欢主席。

**亚历山德拉** 谁会喜欢这个怪人？（笑）连牲畜都已经把他看透了。

**安娜** 就是。他去马厩找米沙，那些马都会踢他。

**亚历山德拉** 可恶，他好像在找你们家米什卡的麻烦？

**安娜** 是啊，不友好。

**索菲娅** 哼——哼，不友好……彼得天天跟他吵。针尖对麦芒。

**安娜** 怎么回事？

**索菲娅** 他什么都不愿意干。跟特派员们一起灌酒、把集体农庄偷得精光——这些事干起来倒是在行。自己干了坏事，全都栽赃到彼得身上。我跟彼得说：你躲了吧，从生产负责人的位子上躲得远远儿的。可他舍不得集体农庄。没有人舍不得——所有的专家都跑了，只有他舍不得。

**亚历山德拉** （对朝她们走来的彼得和伊万）制伏了？

191

**伊万**　逮到若尔卡了。我跟彼得卡把这位仁兄交出去了，他们把它押回去。去瞅瞅。

**索菲娅**　谁啊？

**伊万**　久巴和菲利佩奇①。饲养员。

**安娜**　没看到主席……他在哪儿？

**伊万**　被若尔卡逼到河里去了。（从脚上扯下靴子，把水抖出来）古巴廖夫被水淹到了眉毛，呛得喘不过气来。彼得，给我根烟。还有火柴——我的都湿了。

**亚历山德拉**　你怎么浑身湿漉漉的？

**伊万**　（点烟）从河里把僵尸拽出来了。

**安娜**　被呛到了?!古巴廖夫?!

**伊万**　嗯哼。他在学新手艺呢。把河里的鱼赶出去放牧。

**安娜**　瞎说八道！

**伊万**　爱信不信，纽尔卡。马加丹要把若尔卡给阉了，说不定直接给毙了。

**索菲娅**　（对安娜）上帝啊……你就跟个小孩儿似的，什么都信。喂，你怎么回事啊，纽拉？

　　　　　〔众人笑。

**安娜**　（笑着）我就信。

**彼得**　（环顾四周）索尼娅，你把维奇卡弄哪儿去了？他跟你在一起的……

**索菲娅**　热尼娅抱回家了。

**彼得**　啊哈，她来过了？

---

　　① 菲利佩奇，菲利波维奇的口语形式。

**亚历山德拉** （坐到彼得旁边）怎么就冲着他去了？说说。这头牛从来都没招惹过任何人。

**彼得** 真是"不该管的事别管"。他想把围裙给它扯下去。

**索菲娅** 什么围裙啊？从哪儿扯下去？

**彼得** 从牛身上啊，还能从哪儿？

**索菲娅** 它还穿围裙？

**亚历山德拉** 没围裙谁会让它进牛群？

**伊万** 索尼娅，这头牛可猛啦。围裙是油布做的。你不会没见过穿围裙的牛吧？

**索菲娅** 没见过。

**彼得** 在农村长大的居然没见过?!

**索菲娅** 它要围裙干吗？

**伊万** （对彼得）你别说！彼得，你别说！我自己来解释。

**亚历山德拉** 只要不骂脏话就行。

**伊万** 不会的。

**彼得** 他有其他办法。

**亚历山德拉** 什么办法？

**伊万** 公牛对付母牛的办法。别说话！看着，索尼娅。把你的围裙给我。给我，给我。看着。（为自己系上围裙）我就是头牛。（冲着亚历山德拉点点头）这是我的母牛。帮个忙，萨尼娅。

**亚历山德拉** 走开！

**伊万** 嗨，帮个忙啊！难不成我让纽尔卡帮忙？

**安娜** 好啊。

**亚历山德拉** （挥着拳头威胁安娜）呃，呃！（对伊万）要干什么？

**伊万** 到这儿来。让大伙儿乐一乐也好啊。我就是若尔卡！（模仿公牛的样子走了一段路）

**亚历山德拉** 要干什么啊？

**伊万** 嘿嘿！（从身后紧紧抱住妻子）

**亚历山德拉** （一边笑，一边开始配合）别当着大家的面让我难堪……

**伊万** 萨尼娅，我们现在可都是有角的家伙，没关系。

**亚历山德拉** 我什么感觉都没有！

**伊万** 我系着围裙的呀！

**亚历山德拉** 它又不是油布做的！

**伊万** 我也不是若尔卡！

**索菲娅** （笑着，开始明白用意何在）啊——啊——啊——啊！

**伊万** （又模仿公牛的样子走了一段路，朝大笑的人们冲去，似乎想要驱散他们）母——母——母——牛！（抱住妻子）

**亚历山德拉** 若——拉！

**伊万** 没——法——子啊！真碍事！

**索菲娅** （笑弯了腰）围——围——裙……

　　　　［众人皆笑。

**安娜** 围裙！……

**索菲娅** 真猛啊……

**彼得** 索尼娅！我是自由的！我可什么都没系！

**索菲娅** 走开！……

**亚历山德拉** 快把它脱了！……若拉……若拉……见鬼啦……喔唷，妈妈呀！

**伊万** 没——法——子啊，母牛！

**亚历山德拉**　为……为什么？……

**伊万**　我怎么脱……用蹄子啊?！

**安娜**　用蹄子……真的脱不掉！

　　　　〔众人笑得更大声了。

**亚历山德拉**　若鲁什——卡！（从伊万身上扯下围裙，两人抱在一起，滚到草地上）

　　　　〔彼得也抱住索菲娅，一边亲，一边把她推倒在地。安娜一边笑，一边拍手。

　　　　万卡，狗东西！……公狗！……伊万！够了！

**伊万**　行了，伙计们！变回人样……

**亚历山德拉**　纽拉，没其他人吧？谁知道他们会怎么想……

**彼得**　萨尼娅！我们就是闹着玩！

**索菲娅**　哎哟……哎哟……笑……哎哟……笑死了。喔，真没好下场。

**亚历山德拉**　到底怎么回事，古巴廖夫想把它的围裙解开?

**彼得**　正好是在关键时刻。

**伊万**　若尔卡从后面朝母牛扑过去，骑上它，呼哧呼哧地喘着气，围裙弄得它很难受，古巴廖夫又从后面跳到若拉上面，折腾来折腾去，解围裙，扯绳结。

**索菲娅**　他想做好事，是吗？

**安娜**　得把那什么扯开……那儿有根皮带。

**彼得**　其实不能解开。那头母牛不在计划之列，而且已经有孕在身。

**亚历山德拉**　那他干吗要去解？

**彼得**　问他去。

**伊万**　正好碰上了！而且又喝了点儿酒。城里人从来没见过吧……怎么说的来着，他们看到的都是自然状态吧？

**安娜**　（点点头）没系围裙的。

**伊万**　所以有兴趣啊。那若尔卡怎么回事？……大概把他当情敌了。

**索菲娅**　醉鬼偏偏闯到农场去了……蠢货。

**彼得**　他跟客人闲逛呢。从城里来的，从莫洛托夫来的。他去取牛奶——大喝一通之后得要醒醒酒。

**索菲娅**　都是些什么人啊？

**彼得**　军人。

**亚历山德拉**　不会是来抓你们去打仗的吧？啊，伊万？

**伊万**　鬼才知道。反正都是些磨洋工的。他们倒是从季维亚带走了很多人，不过我们罗曼尼欣和瓦西里耶夫斯科耶好像被忘了。

**安娜**　偏远地方，还没轮到。

**彼得**　把丘索瓦亚河边的林木凑到一起，让他们弄走。

**伊万**　那儿的林子……只够运一趟了。

**索菲娅**　那又如何？总该有人把它们弄出去吧。

**彼得**　呃，是啊，把它们弄出去我们也该走了。迟早的事……往西边去的交通工具都塞得满满的——他们不知道从哪儿搞车皮。

**亚历山德拉**　噢，上帝！

**伊万**　大卡车和运货的车皮全都得用上。肯定的。

**索菲娅**　怎——么——办啊？……我的妈呀，怎——么——办啊？

**彼得**　行了，还没到世界末日呢。你们把澡堂烧好了吗？

**索菲娅**　萨尼娅，你说呢，澡堂烧好了吗？

**亚历山德拉**　咱们走，去看看。纽拉，把你家的米什卡也叫来，跟这两个男人一起蒸蒸。

**安娜**　还是我跟他一起蒸吧。他一个人不好办。

**亚历山德拉**　那俩人不会帮他啊？否则我们就得浪费时间。得等你们俩先玩儿半天再……

**索菲娅**　已经玩过了。彼佳、伊万，咱们的纽拉又怀孕了。

**伊万**　纽尔卡，来，击个掌。（击掌并握住安娜的手）

　　　　〔大家慢慢从斜坡上离开。

**亚历山德拉**　让男人们先洗，完了我们再洗。

**彼得**　等你们洗完我们再来一回！行吗，万尼亚？

**亚历山德拉**　不过动作得快点儿，省得半夜都睡不了觉。

**伊万**　还要再坐会儿。纽拉，你去拿自酿酒来？

**安娜**　要多少？

**伊万**　彼佳，多少？

**彼得**　五个人？嗯，一升。

**伊万**　（对安娜）那就一升。

**安娜**　我拿一升过来。

# 第二场

　　　鲁达科夫家的院子。能看见一部分带台阶的房子和院内的附属建筑。远景是菜园深处的澡堂。台阶旁放着一张桌子，

197

桌子两边摆着长凳。热尼娅双手捧着两个大碗，冲到台阶上。她跑到院子中间，被母亲的声音叫住。

**索菲娅的声音**　热尼娅！

**热尼娅**　怎么啦?!

**索菲娅的声音**　从底下拿些黄瓜上来！

**热尼娅**　行！

**索菲娅的声音**　多拿点儿！去问问他们，完了没有?!

**热尼娅**　行！（消失在板棚里）

　　［穿着警官服的里马斯·帕季斯从街上进到院子里。他不想被人发现，停下脚步，仔细地听了听。从屋里传来女人的声音。地窖的盖子"啪"地响了一声。热尼娅捧着装满腌白菜和酸黄瓜的大碗上。

**热尼娅**　哎哟，您好！

**里马斯**　（点点头）你父亲呢?

**热尼娅**　澡堂里，正洗着呢。

**里马斯**　跟谁?

**热尼娅**　万尼亚姨夫。

**里马斯**　克拉斯诺晓科夫?

**热尼娅**　是的。蒸桑拿呢……已经是第二次进去了。要喊他们吗?
　　爸爸！姨夫……

**里马斯**　等等。我自己来。（朝澡堂的方向迈了几步，又改了主意，往回走）让他们先蒸吧……我晚点儿……再来。（往院门的方向走）

**热尼娅**　里马斯叔叔！那您……是要喊他去打仗吗？

**里马斯**　别跟你母亲说我来过。告诉你父亲……我等会儿再来。

　　（离开）

　　　　〔热尼娅把碗放在桌子上，赶紧朝菜园的澡堂跑去。

**热尼娅**　爸爸！万尼亚姨夫！你们快洗好了？

**彼得的声音**　好——啦！马上就来！

　　　　〔纽拉、索菲娅和亚历山德拉从屋子里走出来。头上裹着毛巾。往桌上摆凉菜和餐具。

**索菲娅**　还在蒸！还在蒸！

**安娜**　他们蒸一次嫌不够。

**索菲娅**　他们蒸完第一次我们进去的时候，我连头发都裂开了。第二次？！饶了我吧，简直就是地狱。打死我都不去。

**亚历山德拉**　哦——哦，我说嘛！我还想了半天，为什么索尼娅肚子下面噼里啪啦地响？

**索菲娅**　（戏谑地推了推亚历山德拉）去你的，是你下面，不是我下面！真的，我以为马上就要死了。

**亚历山德拉**　我倒愿意再来一次，跟他们一样。

**安娜**　那你该跟伊万和彼佳一起进去啊……

**亚历山德拉**　我怎么没想到！你刚才哪儿去了？也不提醒我！

　　　　〔众人皆笑。

**安娜**　索尼娅要嫉妒的，你不怕？

**索菲娅**　嫉妒亲生姐妹？哼，我才不会呢。（坐到长凳上）很久没这么蒸过了。全身酸痛……怎么办啊，上帝。

　　　　〔片刻的停顿。

**亚历山德拉**　好像来了。听到喘气的声音了。

**索菲娅**　终于来了。喂，怎么样啊，你俩？

　　　　［伊万和彼得艰难地挪着步子，几乎跟爬似的从菜园子里
　　出来。热尼娅超过他们，溜到桌旁。

**彼得**　（警告）叶妮卡……

**热尼娅**　行啦，行啦，我不会的。

**索菲娅**　不会什么？

**热尼娅**　不会瞎说，是吧，爸爸？

　　　　［两个男人重重地坐到长凳上。没说话。

**亚历山德拉**　姑娘们，看啊，真的在冒烟。

**索菲娅**　嘿，这回可是蒸够了……

**安娜**　还差点儿火候，没熟，是吧？

**索菲娅**　干吗要熟啊？喂，你们怎么样？

**彼得**　蒸气不错……舍不得出来。

**伊万**　纽拉，可惜你们家米哈伊尔不肯来。彼得，再进去一次……
　　敢不敢？

**索菲娅**　去哪儿啊？蒸死你们！还是去躺会儿吧。

**伊万、彼得**　（精力充沛、声音洪亮）酒呢？！

**亚历山德拉、索菲娅、安娜**　（惊恐）哎哟！

**亚历山德拉**　呸！你们都是小丑，名字都叫巴拉基廖夫 [①]……

**安娜**　（有所准备）拿来了，嗯哼。

**索菲娅**　纽拉，坐。（对热尼娅）闺女，你去。在我枕头下面，床上。

---

　　① 伊万·亚历山德罗维奇·巴拉基廖夫（1699—1763），彼得大帝的宫廷
侍从，丑角。

　　〔热尼娅跑进屋去。

**索菲娅**　（对热尼娅）看一眼维佳！要是闹，就再塞张报纸给他！你们吃啊，别光坐着。

**亚历山德拉**　倒酒，万卡，干吗傻坐着？

**伊万**　什么都没有啊！

　　〔热尼娅拿着一瓶酒回来。

**亚历山德拉**　（对伊万）喏——喏！直接跳到你手上了。

**伊万**　这就不一样了。那我就收下？

**亚历山德拉**　快，别拖沓了，天都快黑了！

**索菲娅**　（对热尼娅）睡着了？

**热尼娅**　玩报纸呢。

**亚历山德拉**　小家伙太棒了！从来没见过这样的。他是不是都没哭过啊？都没稍微使过一点儿小性子？

**彼得**　他还能怎么样？吃了睡，睡了吃，吃了又睡。

**索菲娅**　有一次他爸塞了张报纸给他。从管委会拿回来的，讲征兵的事……小家伙可高兴了，报纸成了他最好的玩具……没有比这更好的了！他把它揉得沙沙响，拿它"啪啪啪"地拍。含着咬，在它上面撒尿——玩儿得可欢了。不把它弄成小碎片绝不撒手。

**彼得**　可以一连玩好几个小时。

**索菲娅**　（对热尼娅）坐着的？

**热尼娅**　嘴里不停地嘟囔。

**索菲娅**　自己跟自己说话呢，呵呵。哎哟，他要是扯不破，就会生气——小眉毛皱起来，小脚就这样，这样……

**安娜** 乱蹬，乱蹬……

**索菲娅** 小脚乱蹬。太好笑了。

**伊万** 成作家了，或者叫那什么来着……通讯员。来，为孩子们
干杯……

**热尼娅** 但愿没人会被带走，但愿战争快点儿结束！

**彼得** 喂！喂！你的话多起来了吗？想睡觉了？去吧。

**热尼娅** （低下头）不。

**索菲娅** 大人说话的时候别插嘴，否则就赶紧上床去……

**热尼娅** 我不会了。

**索菲娅** 坐着别说话。多吃点儿。

**伊万** 为孩子们……为维奇卡、为热尼娅、为纽尔卡的一帮小鬼。

**安娜** 一帮小流氓，就是的。

　　　　［众人把酒一饮而尽。

**伊万** 纽拉，你家米什卡真傻，居然不来。多开心的聚会啊。

**安娜** 不知道怎么回事……固执得很——就说不去就完了。犟得
很。不知道怎么这么固执？……

**彼得** 也不是固执啊。

**安娜** 不是？那为什么这么犟？

**彼得** 可能是害怕吧。他胆子够小的，纽拉。

**索菲娅** 上帝，难道怕我们啊？

**伊万** 怕主席吧。他知道彼得跟主席不和。

**亚历山德拉** 那又怎样？

**伊万** 萨什卡，你瞧，古巴廖夫从城里被赶出来了吧？是被赶出
来了。被派到我们这儿来了吧？是被派来了。所以啊，他得

讨好上头的人……阿谀奉承，这样才能早点儿回城里。

**索菲娅**　那关米哈伊尔什么事？他自己去讨好、去奉承就是了……跟米哈伊尔有什么关系？

**伊万**　你以为呢！打个比方，我在领导面前如此这般地把脑袋都磕到地上去了，可我的下属却……这……不是在跟我耍性子吗？就跟彼得卡·鲁达科夫似的？不，这可不行。他们最好也得在我面前晃来晃去，巴结我，就跟我在那些人面前一样。这些事情米什卡都清楚，清楚得很。他现在是什么人？马厩里面管事的，是吧？要是古巴廖夫知道他跟对手打得火热，一起在澡堂子里蒸……那可就完了！就等着收拾粪便、伺候马匹吧。我们这位古巴廖夫可是个爱记仇的老家伙。所以米什卡才这么谨慎。

　　〔片刻的停顿。

　　〔纽拉从桌旁站了起来，朝院门冲去。

**彼得**　纽拉！

**伊万**　我说什么了，方向没把握好？

**彼得**　你俩的方向都不对。纽拉，站住！

**安娜**　（转过头）我可是她们的姐姐……我是老大……松卡和萨什卡……谁把你们的老婆拉扯大的？你，彼得·彼得罗维奇，是个聪明人……伊万也是伶牙俐齿的。你们好好想一想。老爸跟德国人打仗，战死了。老妈一听到消息就瘫倒了……一命呜呼。就是一下子的事。心脏破裂！两个妹妹都记得，她们肯定记得。这个六岁，萨什卡八岁……你们算算……沙皇发给老爸的抚恤金被没收了……反正不是他就是其他什么人收走的。磨坊充公了，也收走了！……怎么办？吃什么啊？我只得去运木材！还能怎么办？我十五岁就去了！跟一帮大老爷们儿！无依无靠！我还以为要死了呢……好在米沙出现了……从国内战争回来……尽管拖着残腿，但一切就都变了样。他帮了好多忙，从不欺负人。松卡、萨什卡，他欺负过你们吗？为了大家他是拼了命的。要是没有他，三个人早都死了。现在呢，家里四个小的……第五个在肚子里。所有人都要吃饭！我的米沙……虽然是个残疾人，只有一条腿，但他肯干活！为了孩子他一直撑着……孩子和马厩是他的全部！他不偷不抢！不跟在别人屁股后头转悠！……

[片刻的停顿。

**伊万** 纽拉，我是说古巴廖夫……

**彼得** 纽拉！对不住！

**安娜** 他对你们哪个人做过坏事？

**伊万** 纽拉，扇我！扇！狠狠地扇！

**伊万** 知道我要说什么吗？

**彼得** 说，纽拉！

**安娜** 你们要是欺负我们家米沙，你们要是再说什么恶毒话……我掐死他……的①！彼得，还有你，伊万，我掐死你们。

**伊万** （跪下来）安娜·阿列克谢夫娜②，对不起！我没分寸，我有病……别生气。

**彼得** 对不起，纽拉！（从板棚墙上取下镰刀）纽拉，你看这儿！

———————

① 作者不建议在舞台上说脏话，因此此处用潜台词的方式表现。

② 安娜·阿列克谢夫娜，阿列克谢耶夫娜的口语形式。

要是不原谅我，我就这么一抹！

**索菲娅**　唉，唉！天啊，你要干什么?!

**彼得**　我说真的，你了解我……纽拉！

**伊万**　得了吧！（从彼得手里夺下镰刀）纽拉，你要是愿意，我手一挥就把这个傻瓜给解决了。别动，彼得卡！还是我来吧——我更顺手！

　　［安娜走到伊万跟前，夺下镰刀，挂回原处——拄到板棚墙壁的钩子上。她严肃地看了看这两个男人，先亲了一下彼得，接着又亲了一下伊万，然后回到桌子旁边的座位上。

**安娜**　他跟主席就是装装样子啊。装装样子的。可是……

**索菲娅**　（替安娜擦眼睛）这两个没良心的家伙……欺负我们纽拉。

**安娜**　（惊讶地）眼泪?

**亚历山德拉**　好了，没事了……别老说这个。干一杯。（一边倒酒，一边对两个男人说）你们……过来，原谅你们了。

　　［伊万和彼得坐到桌旁。

**伊万**　来，为什么干杯? 为了全世界的和平? 纽尔卡、索尼娅、萨尼娅，为了友好的情谊?

**索菲娅**　好！

**亚历山德拉**　（对安娜）你不能喝！怎么搞的?

**安娜**　我就舔了舔，尝尝味道。

　　［众人把酒一饮而尽。

**索菲娅**　（对热尼娅）吃饱了? 进屋看着维奇卡去。

**亚历山德拉**　让她再吃点儿。你吃饱了?

**热尼娅**　嗯。

**索菲娅** 大人在这儿吵……她倒听得入迷。去吧。

〔热尼娅往屋里走。走得很慢，不太情愿的样子。

**彼得** 为了和平……（看了看杯子，把酒喝干净）那起码得先把仗打赢啊。

**安娜** 打谁？

**伊万** 祖国，纽拉，得保卫祖国啊……干等着能行吗？是吧，彼得？

**安娜** 哦——哦。那，还要酒吗？我再去拿。

**索菲娅** 够了，够了。再吃点儿东西……又不是酒鬼。萨尼娅、万尼亚，你们唱个歌吧。好久都没唱了。

**安娜** （立刻）唱那个哥萨克。

**伊万** 哪个啊？有好多哥萨克呢。

**安娜** 就是"船板坏了"那个。

**亚历山德拉** 哦——哦……万卡，起个调。

**索菲娅** （对热尼娅）你还在那儿呢？

**热尼娅** 妈，能不能听听歌？

**索菲娅** （笑着）拿她怎么办？

**彼得** 闺女，到我这儿来。

〔热尼娅赶紧坐到父亲的膝盖上，一只手抱着他的脖子，另一只手搂住母亲。

**索菲娅** 听完就赶紧进屋。

**热尼娅** （有所准备）呃。

**索菲娅** 唱啊，伊万……萨尼娅。

**伊万** （唱）

  哥——萨——克穿——过小河回——家去，

  年轻的哥——萨——克单身汉回——家——去。

  船板坏——了，

  哥萨克真——为——难——

 〔里马斯上。他冲着唱歌的人走了几步，又在屋角停下了脚步，打算先把歌听完。他抽起烟来。

  他开始舀——水，

  用——靴——子——舀！

 〔亚历山德拉跟丈夫拥抱了一下，加入进来。他们配合得很好，唱得很动听。

  船板坏——了，

  哥萨克真——为——难——

  他开始舀——水，

  用——靴——子——舀！

 〔歌唱完了，所有人都没说话，不想打破既甜蜜又危急的气氛。太阳下山了，留下最后一缕余晖。最先显现的星星发出微弱的光辉，逐渐变强。远处传来隐约的羊叫。

**亚历山德拉** （仔细听了听）万尼亚，不是我们的羊在叫？

**伊万** 是托夏……这会儿是卡季卡。

**亚历山德拉** 想让人挤奶呢。来，大伙儿把剩下的酒都喝了，该
  走了。

**索菲娅** 再坐会儿多好。

**亚历山德拉** 你听啊，羊群叫得声嘶力竭。该挤奶了。

**安娜** 趁天色还够亮，是吧？

**亚历山德拉** 当然。

**伊万** （把剩下的酒给彼得和自己倒上）那就为你们几个女人干杯。世界上没有人比你们更好了。

　　　[两个男人把酒一饮而尽。

**亚历山德拉** 纽拉，端餐具，我们帮帮索尼娅。

　　　[女人们收拾好桌上的东西，进屋了，只留下安娜那杯没喝完的酒。

　　　（在台阶上停了下来）万尼亚！

**伊万** 嗯?!

**亚历山德拉** 盆子忘在澡堂里了！纽拉家的和我们家的都忘了！去拿出来！（进屋）

**伊万** 哎，没办法……（往菜园子里的澡堂跑去）

　　　[彼得走到板棚边，扶了扶墙上的镰刀，然后一边解裤带，一边谨慎地朝台阶的方向瞅了瞅，着急地朝屋角走去，里马斯正蹲在那儿抽烟。

**里马斯** （及时发现了正要朝他身上"放松"的彼得，闪到一旁）你——你干什么?!

**彼得** （突如其来的状况吓得他挥了挥手臂）啊?! 见你妈的鬼了！

**里马斯** 妈的……瞄得够准啊……得了，没事。

**彼得** 里马斯?

**里马斯** 对警察可真够欢迎的。

**彼得** 那什么，我……你在这儿干什么?

**里马斯** 家里没广播，到你们这儿听听。

　　　[片刻的停顿。

**彼得**　如何啊？

**里马斯**　什么？

**彼得**　广播啊。喜欢吗？

**里马斯**　听入神了。差点儿被你浇到。跟克拉斯诺晓科夫瞎闹呢？

**彼得**　是他。

**里马斯**　抽一支？（递了根烟卷给彼得）

**彼得**　好。里马斯·阿尔贝特奇①，说真的，你在这儿干什么？借个火。

　　　　[伊万拎着两个锌皮盆子上。他把它们放到长凳上，抓起酒杯，刚想喝，听到有人说话，就朝屋角走去。

**里马斯**　现在你可以去"放松"了。别憋着。

**彼得**　不想了。

**伊万**　喔！帕季斯同志！你好啊！里马斯·阿尔贝特奇！热尼娅说你来过，又走了，怎么回事？该来蒸一蒸的啊……

**里马斯**　没空。

**伊万**　呃，要是没空……那好吧。

**里马斯**　好什么啊？

**伊万**　我怎么知道。你大概是有任务吧……或者有其他事？对吧，彼佳？

**彼得**　如果是上前线，这算任务……其他还有什么？

**伊万**　我们刚才还在想——把我们给忘了。

　　　　[停顿。

**里马斯**　逮捕算任务——逮捕证都开了。

———————————

①　阿尔贝特奇，阿尔贝托维奇的口语形式。

**彼得** 什么逮捕？

**伊万** 什么时候上前线？

**里马斯** 天一黑，（顿了一下）就来抓你们。从机关来的。国家安全委员会。（对伊万）明白了？

**伊万** （并非立刻）从机关来的？国家安全委员会的人……明白了。

**彼得** 那他们在哪儿？

**里马斯** 在主席那里消磨时间呢。夜里三点来抓你，然后再去找……克拉斯诺晓科夫。

**伊万** 找我？

**里马斯** 找你。天一黑你们赶紧走……别让人看见。

　　〔停顿。

**彼得** 有人发过逮捕令？

**里马斯** （点点头）嗯，不止一张。

**伊万** 谁啊？

**里马斯** 你不知道谁？

**彼得** 古拉廖夫？（停顿）里马斯……什么罪名？

**里马斯** 各种。面粉里的蛀虫……六袋。有这事吧？

**彼得** 混蛋！他自己把所有的桦树条都从面粉里抽出来了！

**里马斯** 什么桦树条啊？

**彼得** 树枝！剥了皮的……

**伊万** 它们是防虫的。如果面粉里放一截树枝，面粉放十年也没事。一条虫都不会有。

**彼得** 可是主席这蠢货，妈的，二话没说把所有的桦树条都抽出来了……没跟任何人提起过这事。肯定就生虫了啊。

里马斯　可能他以为是垃圾？

彼得　没长脑袋啊？不懂你倒是问啊。

里马斯　春天的时候你们为什么把他从农场里赶走？为什么打他？

伊万　那是他喝得烂醉，去扒女挤奶员的裤子！难道就看着他胡作非为？

里马斯　那干吗动手啊？

彼得　没打他。抓着衣领把他拖出去了。仅此而已！

里马斯　说你们对地方苏维埃政权搞破坏，搞阴谋……

　　　　［都没吭声。

伊万　彼佳，早知道我们该先写检举信的。

彼得　是啊，谁说不是呢。

　　　　［停顿。

里马斯　你们怎么去莫洛托夫？没车，步行……早晨七点运志愿兵的车就开了。你们赶不上。

伊万　那顺着河到季维亚呢？

彼得　坐船？

伊万　不行啊？咱们俩，顺流而下，一刻不停……赶得上！

里马斯　两点左右……搭运木船从季维亚出发，运木船彻夜不停地往城里开……那就来得及……可能来得及。跟老婆都说一声，等到安全委员会的人问起你们在哪儿，干什么去了，让她们别撒谎，让她们说实话……就说一直都想上前线，这不就去了。明白吗？我走了，要不他们得找我了……

伊万　里马斯！（把杯子递给他）阿尔贝特奇……

里马斯　船是好的吧？

211

**伊万** 开到阿斯特拉罕都没问题。前不久才跟彼得一起涂过树脂。

**里马斯** 好好叮嘱索菲娅和亚历山德拉——让她们别瞎说你们的事，要是被有些人知道了，她们以后就有得哭了。（喝酒）再见啦……送你们到河边……（把杯子还回去）想都别想。（离开）

**伊万** （惊讶地）他有胃溃疡啊！不喝酒的！灌了整整一杯！瞧瞧！

**彼得** （忽然想起来，在里马斯的身后）谢谢！

　　　　［安娜和亚历山德拉从屋里出来。她们拿起长凳上的盆子，从院子往屋里走。

**亚历山德拉** 两个男人跑哪儿去了？

**伊万** 这儿呢！（对彼得）怎么说？

**彼得** 十一点在你船上见。

**伊万** 十一点，好。（离开）

**彼得** （在伊万的身后）证件别忘了。

　　　　［剩下彼得一个人。他穿过院子，看了一眼屋子的窗户，轻轻地敲了敲。在台阶上坐下。

**索菲娅** （走到台阶上）你敲窗户了？（停顿）怎么了？彼佳，嗯，怎么了？

**彼得** 过来……

# 第三场

　　　　克拉斯诺晓科夫家。一片静谧。挂钟传出轻轻的敲击声。

桌上放着还没收拾好的背包，一盏煤油灯快要熄了。邻屋传来床铺的剧烈摇晃声、急速而低沉的说话声、赤脚的走动声。伊万和亚历山德拉上，两人身着贴身内衣，开始着急地穿衣服。

**亚历山德拉**　还是轮到我们了……

**伊万**　没事，正是时候……几点了？

**亚历山德拉**　看不清。

**伊万**　把灯弄亮点儿。

**亚历山德拉**　（拨弄灯芯）都快把它弄熄了……

**伊万**　弄谁？

**亚历山德拉**　弄灯，弄谁……（擦了擦涌出的眼泪）

**伊万**　喔唷！你的眼泪怎么就流不完啊？嚎了整整一个小时，还没完……嗯，舒拉？（帮她止住眼泪，紧紧地抱住她）你眼睛里塞了泉眼还是什么别的东西？要不就是有个湖……哪儿来那么多的水呀？

**亚历山德拉**　索尼娅说得对——我们嘻嘻哈哈的，不会有好下场。她是母亲，对什么事都有预感。我们一整天都在找乐子……哈哈大笑，不会有好下场，现在可算明白了。

**伊万**　要能预感到究竟是谁给我们笑出了这么一场战争就好了。还是得去……迟早的事……舒拉，十点半了……还有三十分钟……

**亚历山德拉**　那路上呢？

**伊万**　那算什么……五分钟就到河边了。嗯，萨尼娅？

213

〔开始飞快地脱衣服。

**亚历山德拉** 衬衣就别脱了……那好吧……（拉着伊万去卧室，又在门边停下）万尼亚！背包还没收好呢！穿上！快！

**伊万** 嗨，真没劲！

〔又开始穿衣服。

**亚历山德拉** 杯子和勺子别忘了……

**伊万** 来得及……

**亚历山德拉** （把杯子、勺子、食物往包里放）下次就得等到打完仗了。你到那儿……抓紧点儿，别闲着……就想着我们没工夫耽搁！老婆可都等着被折腾呢……（笑）

**伊万** （望着妻子，也笑了）哦，就是太想了……是吧？

〔两个人站着，望着对方，一边笑，一边擦眼泪。

**亚历山德拉** 一枪把他毙了……都不让人好好告个别，蠢货……是吧，万尼亚？

**伊万** 没事，不用。再把若尔卡放出去追他。……若尔卡，去顶他，为了我们的……（停住了）快啊……怎么了，萨尼娅？

**亚历山德拉** （迅速脱掉身上的短衫）不该去的地方别跟彼佳乱窜。

**伊万** 那当然。（一边脱裤子）我们傻啊？萨尼娅，我们能应付，又机灵又麻利……不会让你们等太久的。最重要的是，可得坚持住……（抱住亚历山德拉，领着她走出房间）

**亚历山德拉** 我还需要别人？你说什么呢，万尼亚？给我当心，你要不回来，你要发生点儿什么事……我跟着就跳丘索瓦亚河，紧跟着。听到了？

**伊万**　听到了。

**亚历山德拉**　给我记好了。

　　〔伊万扭头看了看钟，停下动作，抱歉地看着亚历山德拉。她全都明白了，弯腰拾起地上的裤子，帮伊万穿上。他们一声不吭地迅速穿好衣服。伊万已经穿戴整齐。肩上背着背包，头上戴着帽子。

**伊万**　亚历山德拉·阿列克谢夫娜……（握着妻子的手）在家里当心……

**亚历山德拉**　你记好了。

**伊万**　我一定记住。请……（行礼）请批准我……去消灭万恶的法西斯……

**亚历山德拉**　去吧，万尼亚……伊万·杰缅季奇[①]。上帝保佑你。

**伊万**　（刚朝门口迈开腿，又转身走到钟前，把钟摆拨到最靠边的位置）我走了。很快就回来。

# 第四场

　　鲁达科夫家。索菲娅和热尼娅坐在桌旁。

**索菲娅**　就说打猎去了……他在打猎呢。就这么说。什么时候回来？我们怎么知道？他一个大男人，跟我们什么都不说。对吧？可能明天傍晚，也可能还要耽搁一晚……谁知道啊！牵着狗就跑了……他凭什么要跟大家说？

---

　　① 杰缅季奇，杰缅季耶维奇的口语形式。

**热尼娅** 妈妈，梯子旁边拴着的是？

**索菲娅** 是什么？

**热尼娅** 爸爸把灰毛拴到梯子旁边了！你说他带着狗……你忘了？灰毛在梯子旁边呢！

**索菲娅** 啊——啊！那就钓鱼去了！跑到河对岸去了！钓鱼去了！这么说更好！他们找不到……可能就会想，说不定掉河里去了。那些人正琢磨呢……他们就从前线回来了。就这么办，明白了？

**热尼娅** 他要我们说真话啊！而且钓鱼竿……还在门口呢！

〔灰毛温顺地叫了两下，然后就没声了。

**热尼娅** 灰毛叫了……

**索菲娅** 来不及了……人都来了……

**热尼娅** 是教母。只有教母来的时候灰毛才这么叫。

**索菲娅** 是吗？

〔亚历山德拉走了进来。

真是！热尼娅凭叫声就知道是你！

**亚历山德拉** 我好像没叫啊，暂时还没叫，不过也快了。还会咬人……咬那个混蛋。咬死他……

**热尼娅** 教母，爸爸不让撒谎，但她想跟他们说，爸爸打猎去了……要么就说钓鱼去了。她简直疯了……

**索菲娅** 得拖延时间啊！

**亚历山德拉** 教女，去把大门锁好或者扣好……你们那个门上有什么？让他们折腾去……这样可以拖延点儿时间。

〔热尼娅跑到门口，一会儿又回来了。

**索菲娅**　他们破门而入不就行了。

**亚历山德拉**　让他们破门就是了，我们再修。说谎不好，瞎说更不好。他们会以为男人都逃走了，我们还想骗这些人……从机关来的人。过不了多久他们就会收拾你我，收拾我们全家……根本就不知道，等待我们的将会是什么。坐，来，坐一会儿。

**索菲娅**　没法坐！怎么坐啊？！心脏扑通扑通地跳……

**热尼娅**　教母，她还昏倒过。爸爸一走她就昏了……

**亚历山德拉**　哎哟！你怎么啦，索尼娅？你得撑着点儿！怎么回事？喝点儿药吧！

**索菲娅**　忘了！我说过，忘了！忘得一干二净！（从口袋里掏出一小瓶伏特加）在口袋里装着……给忘了！真是劳神！劳神啊！他们倒是赶紧啊，赶紧追上去啊！

**亚历山德拉**　他们早就到季维亚了！早就坐上运木船了，估计正在往市里赶呢！都过了四个小时了！热尼娅，她别又栽倒了。索尼娅，你不会当着我们的面就倒下去吧？热尼娅，再给个杯子。拿块面包。为了我们家的男人，希望他们毫发无损、健健康康地回来。（给几个杯子都斟满酒）喝，别瞎操心。凭什么自己就先判了死刑？你所有的担心彼佳都能在心里感应到……喝光……跟喝药一样。我也喝光。一下子就干了！

**索菲娅**　啊！说得对！你看我，多傻啊！真是，凭什么自己就先判了死刑？

**亚历山德拉**　好好地碰一杯……

**索菲娅**　希望他们都健健康康的！千万别伤着……呃，万一伤着……千万别太重。

**热尼娅** 什么伤都别有！

**亚历山德拉** 什么都别有，叶涅奇卡，对！

**索菲娅** 希望这一切都快点儿……结束。

　　　〔她们把酒一饮而尽。

**亚历山德拉** 你的纺车没问题吧？教女，去把纺车拖出来，——我们找点儿事情做，让你妈分分心……

　　　〔热尼娅跑去拖纺车。

　　　再拿点儿羊毛！索尼娅……那我扯羊毛，你纺线……给彼佳和万尼亚织袜子、手套……

**索菲娅** 连指手套？

**亚历山德拉** 是啊。不再扑通扑通地跳了？

**索菲娅** 谁？

**亚历山德拉** 心脏不再扑通扑通地跳了？

**索菲娅** 哦，确实好些了。都有点儿醉了……

　　　〔热尼娅拖出纺车，还拿了一小袋羊毛。

**亚历山德拉** 坐下来，跟我们一起，小姑娘。哇——哇，我们的羊毛可真好啊。不是普通羊毛，是奥伦堡的细羊毛。今天我们再给托夏和卡佳梳一梳，还能攒一些。（对索菲娅）纺吧，纺吧，索尼娅。轻巧柔和的毛线……这可不是普通的羊毛，这是最最天然的……

　　　〔院子里的灰毛叫了起来。越叫越厉害。

**索菲娅** 来了。

**亚历山德拉** 他们马上就到了……（倒了一杯伏特加）都上前线去了……同志们！你们在这里干什么？什么风把你们刮来了？

索菲娅·阿列克谢夫娜，为我们的男人干杯！

[喝酒。

**索菲娅** 女儿，你扣好了吧？我们的挂钩很牢，很管用。

**热尼娅** 扣好了！

[院子里的灰毛叫得喘不过气来了。

**亚历山德拉** （唱起来）

哥萨克穿过小河回家去，

年轻的哥萨克单身汉回家去。

船板坏了，

哥萨克真为难——

他开始舀水，

用——靴——子——舀！

[一声枪响传来，狗叫戛然而止。有人敲窗、敲门。越敲越厉害，越敲越响。

# 第二幕

## 第五场

　　七月。午后。鲁达科夫家的院子。已经长大成人的热尼娅正在打扫台阶。窗户敞开着，从收音机里传来一阵歌声："……我和你在一起，我亲爱的故乡，我不要土耳其海岸，也不要非洲！"热尼娅拧干抹布，把它铺在门前，从院子里走出来，在路上喊道："维——佳！维——佳！"她回到院子里，拎起水桶，朝菜园走去。从那里传来她的声音："维——佳！回——家——啦！维——佳！"安娜走进院子，走上台阶，在门前的抹布上蹭了蹭脚，听到热尼娅的喊声，又从台阶上面下来，坐到长凳上。热尼娅回来了。


**热尼娅**　纽拉姨妈，是你？

**安娜**　是我啊。

**热尼娅**　没见到我家那俩？

**安娜**　把儿子弄丢了？

**热尼娅**　不知道维奇卡把他弄哪儿去了。我衣服洗完了，地也擦了……还没回来。饿着肚子疯跑半天了。

**安娜** 他们在我那儿，别担心。卡普卡给他们吃了土豆饼。烤了
这么大一块。大家都吃饱了：我家的、你家的。现在大的几
个在打牌，你的沃夫卡 ① 在跟鲤鱼玩儿呢。

**热尼娅** 跟鱼？

**安娜** 嗯。维奇卡逮来给他放到玻璃罐里的，小小的一条。（笑）
沃夫卡不停地抓啊，抓啊，鱼很滑⋯⋯他坐那儿笑个不停，
哈哈大笑。这家伙真可爱。

**热尼娅** 行了，行了，对小孩子别一个劲儿地夸。

**安娜** 你干吗？我又没当着他的面夸，我什么都没说。

**热尼娅** 得了，得了⋯⋯

**安娜** 累了？那就歇会儿。让卡普卡再照看一会儿。你歇歇。

**热尼娅** 他们怎么长得这么快？

**安娜** 谁？

**热尼娅** 孩子们啊。永远长不大才好呢。

**安娜** 他几岁了？

**热尼娅** 沃洛季卡？九月份满四岁。喔——哟——哟！你看，四五
年生的，维佳那时候才⋯⋯四岁半。现在他都快四岁了。沃
洛佳都快四岁了！

**安娜** 维奇卡马上读几年级了？三年级？

**热尼娅** 二年级！一月份才满八岁⋯⋯对，八岁。

**安娜** 哎哟，真快啊。我们家卡普卡已经会做饭了！呵呵！到窗
户下面喊她的小伙子就跟公猫似的，喔唷，玩儿得欢着呢。

---

① 沃夫卡，弗拉基米尔的小名，剧中将出现弗拉基米尔的另一个小名沃洛
佳、昵称沃洛季卡。

没办法。去季维亚跳舞，就跟小鸟一样！十二公里去，再十二公里回，轻松得很呢！她父亲要是还活着，倒能管管。她不喜欢罗曼尼欣的这些人，所以才东奔西跑。热尼娅，打瞌睡了？

**热尼娅**　嗯哼。

**安娜**　在莫托维利哈累得够呛吧？得为每个人洗洗涮涮……这个病情加重了，那个发烧了？他们可任性了……嗯，是啊……

　　[里马斯和亚历山德拉上。里马斯骑着一辆刚组装好的自行车。

**亚历山德拉**　（唱）

　　　　都说我是女兵，

　　　　再也当不成姑娘。

　　　　喔，那些心仪我的人，

　　　　可要难过了。

**里马斯**　维奇卡！维奇卡（冲着窗户）来，来取新车！

**热尼娅**　里马斯叔叔，他不在。

**安娜**　他和沃夫卡在我那儿。

**亚历山德拉**

　　　　云杉啊，松树啊，小小的针尖，

　　　　我们罗曼尼欣的姑娘多么……

**安娜**　你们干什么啊，玩儿呢？

**亚历山德拉**

　　　　小靴子，你们再蹦跶蹦跶吧，

　　　　也没机会再跳了，

> 我嫁了人，只会以泪洗面，
>
> 你们也就被束之高阁了。

**里马斯**　热尼娅，拿去放好。给维克托组装的。

**安娜**　这是什么？

**热尼娅**　自行车！真好！

**里马斯**　本来想早点儿弄好的……缺轴承。

**热尼娅**　还有轴承呢！……崭新的！

**安娜**　闪闪发光……

**热尼娅**　我能不能试试？

**里马斯**　一只脚放这里……

**热尼娅**　能承受得住？

**里马斯**　承受得住。手握紧。另一只脚蹬一下。对——对！

**亚历山德拉**　瞧，热尼娅，你能行。我就东倒西歪的。

**热尼娅**　太棒了！

**里马斯**　最重要的是平衡感。萨莎，你的平衡感不行。

**亚历山德拉**　管他呢！

> 我唱啊，唱啊，
>
> 怎么也唱不够。
>
> 暑去冬来，
>
> 我将消失无踪！

**热尼娅**　教母，你喝酒了？！

**亚历山德拉**　喝了一点儿，这样才有胆量啊。我打算跟里马斯住一起……

**里马斯**　（把自行车推到台阶处）就让它立在这儿吧。

**热尼娅**　啊呀，真高兴啊。里马斯叔叔，让我亲一下。你真好。
（亲吻里马斯）你说打算干什么？

**亚历山德拉**　我说打算住在一起。

　　　　　〔短暂的停顿。

**热尼娅**　天啊……想好了？

**里马斯**　（点点头）想好了。亚历山德拉桌子都摆好了……走？去
坐会儿？

　　　　　〔停顿。

**热尼娅**　这是怎么……

**亚历山德拉**　就是这么回事，叶涅奇卡！打仗期间一封信都没有……
连这么几行字都没有！也没说阵亡，也没说失踪……战后都
好几年了！哪儿去了？谁能告诉我？如果死了，那早就入土
了，可我什么都不知道啊！

**安娜**　你不知道啊。呃。要是知道，那……

**亚历山德拉**　呵——呵！要是知道，我就跑战场上去了……（唱）
　　　上战场，上战场，
　　　　去到我的万尼亚战斗的地方……
　　　（沉默片刻）可是从战争结束到现在，已经过去四年
了……不管是在季维亚还是在我们罗曼尼欣，所有人的下落
多多少少都能知道一些……但却没人知道伊万的任何消息。
不会是跑到美国去了吧？

**安娜**　他干吗要去美国？他爱我们乌拉尔……

**亚历山德拉**　那得等到什么时候？呃，我也就罢了，我反正……
（摆了摆手）能忍。（指了指里马斯）但他凭什么受苦？他也

难受啊……也委屈啊。我明白。（对里马斯）我跟你说过热尼娅要骂你。说过吧？（用双手捂住脸）

**里马斯**　（抽起烟来）你骂找，热尼娅？

**热尼娅**　我骂你?！我……你们怎么了，疯啦?！我为你祈祷呢，里马斯叔叔，我都准备……（哭了）你们把我看成疯女人了，看成铁石心肠的……法西斯了。你为什么这么看我，教母？

**安娜**　（对亚历山德拉）喂，她没骂他，喂，看到没有？

**亚历山德拉**　（抱住热尼娅）我的小姑娘……亲爱的……

**里马斯**　亚历山德拉烤了鲑鱼……走吧？

**亚历山德拉**　去吗，热尼娅？

**热尼娅**　当然去。可得换件衣服啊。毕竟是婚礼。

**亚历山德拉**　什么啊！才不是什么婚礼呢，——意思一下就行了。就是坐一坐……

**安娜**　唱唱歌？

**亚历山德拉**　唱唱歌，跳跳舞。

**安娜**　嗯。反正我已经穿得非常正式了……

**热尼娅**　你就跟少先队员似的，纽拉姨妈：准备着，时刻准备着。对吧？

**安娜**　哦，廖尼亚……那个……韦尼科夫。不对……，喏，就是那个，澡堂那个……

**热尼娅**　戈利科夫！

**安娜**　对，对！廖尼亚·戈利科夫 ①！

---

　①　廖尼亚·亚历山德罗维奇·戈利科夫（1926—1943），少年游击队员，因在伟大的卫国战争中与德军英勇作战被授予"苏联英雄"称号。

225

　　　　　[所有人都笑了。

**亚历山德拉**　（惊恐地）上帝啊！谁在那儿？（往菜园子跑去）

**热尼娅**　你去哪儿?!

**安娜**　她紧张兮兮地，好像是看到谁了……

　　　　　[众人都等着。

**亚历山德拉**　（回来后）那儿好像有人。

**里马斯**　谁?

**亚历山德拉**　什么人都没看到。

**热尼娅**　（往菜园的方向走）可能是孩子们? 维佳! 沃夫卡!

**安娜**　有可能是猫。

**亚历山德拉**　哎，头都晕了。

**热尼娅**　跑得太急了，所以头晕。

**亚历山德拉**　趁炉子还是热的，烤点儿土豆吧……走，阿尔贝特奇。（搂住里马斯的脖子）哎，我的立陶宛①，立陶宛，调皮的脑袋! 把小脑袋塞进了什么样的枷锁，让它遭遇了什么样的意外，你知道吗?

**里马斯**　知道，嗯!

**亚历山德拉**　知道就好……姑娘们，你们快点儿，别磨蹭了……别又让人来叫你们。

**安娜**　不死肯定去。

**亚历山德拉**　好。

　　　　　[里马斯和亚历山德拉离开。

**安娜**　到你们家镜子前面梳梳头发?

_____

　　①　里马斯是立陶宛人。

**热尼娅** （握起拳头放到面颊旁）有人想我？两颊发烫呢……走。

**安娜** 你涂口红吗？有唇膏吗？

**热尼娅** 有。

**安娜** 帮我涂……那种……红心形的？要好看点儿的。行吗？

**热尼娅** 行，行，走。

〔安娜和热尼娅进屋去了。伊万从菜园走到院子里。一身城里人的打扮：礼帽、领带……左肩上搭着围巾，右手拎着大木箱。他想进屋，但又下不了决心。在桌子旁边坐下。摸摸桌子，四下里打量一番。桌子已经不是从前的那张了。凳子也不是。他掏出烟盒，抽起烟来。热尼娅拉上窗户板，从里面把窗关上。过了片刻，她和安娜走到台阶上。

纽拉姨妈，你现在可不是廖尼亚·戈利科夫了……来，看看。（帮安娜整理发型）你现在完全就是……柳博芙·奥尔洛娃①。小嘴这样。再这样。太棒了！还是得用棍子把门撑一下……（关门）妥了。走。

〔从台阶上下来。

**安娜** （看到伊万，但没认出来）您好……

**热尼娅** 您好……

〔伊万站起身，从桌子后面走出来，摘掉帽子。

**伊万** （停顿了一下）热尼娅……安妮娅……

〔热尼娅慢慢走近伊万，紧紧地将他抱住，把脸埋到他的胸前。安娜也把伊万抱住。她俩长时间地大声哭泣。伊万也哭了。

---

① 柳博芙·奥尔洛娃（1902—1975），俄罗斯著名演员。

（对热尼娅）长大了。

**热尼娅**　亲爱的万尼亚姨夫……你回来了……

**安娜**　头发都白了。受的苦太多啦……

**热尼娅**　我们还在等啊，等啊。

**伊万**　回来了……嗨，别提了。

**安娜**　没伤着？没有？

**伊万**　完好无损。热尼娅，拿点儿喝的来。

**安娜**　想喝酒？

**伊万**　行啊。

**安娜**　我去拿。

**热尼娅**　不用，纽拉姨妈。万尼亚姨夫，我这儿有医用酒精……等着。（跑进屋去）

**伊万**　纽拉，打仗的时候一直都在想你的自酿酒。还在酿吗？手艺没丢吧？

**安娜**　七年没酿了。

**伊万**　什么？

**安娜**　没东西酿啊。前天刚弄了点儿，就知道你要回来。

　　　　〔热尼娅返回。手里拿着水罐和容量半升的酒精瓶。

**伊万**　嗬，厉害啊……哪儿来的？

**热尼娅**　酒精？医院给的。

**安娜**　她在医院工作。就是厉害！

**热尼娅**　卫生员。在彼尔姆，莫托维利哈。

**安娜**　我们坐下来说，干吗站着？

　　　　〔坐到桌旁。

**热尼娅** 喔，要弄点儿吃的来？

**伊万** 坐着吧，我就着水喝。为重逢干一杯。（喝酒）嗯，现在终于回来了……彻底回来了。（点烟）

**安娜** 你为什么没有马上就回来？干吗偷偷摸摸地？

**伊万** 习惯了……游击队都是钻菜园子什么的……得侦查清楚：有什么人，干什么，怎么干，在哪里……萨尼娅是不是很生气？她在哪儿？

**安娜** 在家。正等我们呢。

**热尼娅** 哎，万——尼——亚姨夫……

**伊万** 呃，已经这样了……能怎么办？……

**热尼娅** 行，我去叫她。

**伊万** 不，不用！我先看看她……偷偷地。想知道她变成什么样了……打了几年游击，我已经习惯送人家意外之礼了。

**安娜** 你突然跳出来会把人吓到的。

**伊万** 干吗？我会小心的。你知道德国人有多害怕我们的意外吗？

**安娜** 我们又不是德国人。

**热尼娅** 我去一趟，万尼亚姨夫。那样不好。我马上回来。

**伊万** 等等，等等！站住！热尼娅，你去哪儿？坐下。等等。让我喘口气。好歹得把呼吸调整过来。哟，跑了！……那我要往哪儿藏啊？无处可藏……完了……礼物还没分呢……等我好好把这根烟抽完就去……去找她。要能放我进去，那就没问题。

**安娜** 会放你进去的……

**伊万** 先打个半死？

229

**热尼娅** （抚摸伊万的肩膀）万——涅——奇——克姨夫……

**伊万** 你家里如何？彼得呢？你母亲呢？

**热尼娅** 爸爸死了，四三年保卫斯大林格勒的时候。

**安娜** 在生日当天，儿子的生日，维佳的。

**热尼娅** 阵亡通知书是三月份送来的，上面写着：1 月 20 号光荣
牺牲。维佳刚好满两岁。

**安娜** 一天都不差，就这么巧！葬在阵亡将士公墓里，刻的名字
都是金色的——鲁达科夫·彼得·彼得罗维奇。

**热尼娅** 捷尔诺夫卡村，没听说过？

**伊万** 没有。

　　　〔亚历山德拉从街上走进院子。看到伊万，呆住了。没人
注意到她。

**热尼娅** 妈妈立马就不行了。倒地而亡……跟外婆一样。

**安娜** 心脏破裂，嗯哼。倒在家里，跟母亲一样，一下子就过
去了。

　　　〔亚历山德拉慢慢朝后退，退到房子一角。

**热尼娅** 都以为是昏迷。她以前有过这样的情况。把阵亡通知书
放到桌上就站那儿。站着，站着……盯着阵亡通知书不知道
在想什么。一个小时吧，大概站了得有。

　　　〔亚历山德拉站着，背靠墙壁，用手掩住脸颊。

**安娜** 一直不说话。

**热尼娅** 很吓人，万尼亚姨夫。

**安娜** 大概站了两个小时，或者都不止。

　　　〔亚历山德拉离开。

**热尼娅**　脸色不知怎么变成了灰白。后来她把头抬起来……像这样摇了摇，用很细很细的声音说了一句——那种几乎就是吱吱叫的声音……

**安娜**　嗯，嗯，像鸟叫一样。

**热尼娅**　她说："哎，没法子。给彼佳喂饭吧……"

**伊万**　谁？

**安娜**　彼佳！她想说"维佳"，但说成这样了……

**热尼娅**　后来……她迈了一步就……

**安娜**　就过去了。

**热尼娅**　（点了点头）瘫倒了。

**安娜**　就过去了。

　　　　〔停顿。

**伊万**　我们家里还有谁？

　　　　〔热尼娅看了一眼安娜。

**安娜**　我家米沙上吊了，万尼亚。冬天的时候，哪年来着？……

**热尼娅**　四三年，十二月份。

**安娜**　那人把他从马厩里弄走了……马匹全都忍饥挨饿。他积郁成疾，右手瘫痪了，不听使唤。躲在板棚里嚎——他舍不得那些马啊。他说，我什么都没有：没有脚，没有手——什么吃的都没法给你们弄。我只有一张嘴——把你们都吃了。

**热尼娅**　就去林子里上吊了。

**安娜**　都是因为那人。

**热尼娅**　主席。记得古巴廖夫吗？

**伊万**　怎么可能不记得？记得。他现在去哪儿了？

231

**安娜** （指着地下）那儿。

**热尼娅** 他来我们这里运木材，有人从斜坡上往丘索瓦亚河里弄了一堆原木……可能是钢索断了……反正把他砸得稀烂……砸成了一团。

**安娜** （对伊万）你给我喝一小口。（对着瓶子喝起来，用水下酒）

**伊万** （对热尼娅）你也运过木材？

**热尼娅** 我、教母，还有纽拉姨妈，我们都干过。

**伊万** （沉默片刻）纽拉，咱们握个手。（握了握安娜的手）为了索尼娅、彼得、米哈伊尔。（把酒精喝光）我给你们带了纪念品哦！（把箱子放到桌上，打开）在各地跑了四年。（取出一包又一包的东西）我这儿都标好了，什么东西给谁。安娜，拿着。索菲娅……热尼娅，两个都是给你的。是布料。给所有人带的都是一样的，波士顿呢料。纽拉，给你的最大，做什么都够。灯笼裤、小裙子……够你缝的。

　　〔安娜和热尼娅解开包裹，一边欣赏礼物，一边不停地惊呼。

**热尼娅** 天啊！（把一件短衫贴在身上比画）好小啊……我长大了，万尼亚姨夫！

**安娜** 都是德国货？

**伊万** 不，意大利的。（把箱子关上）如何？

**热尼娅** 这些都很好！真的很好！你的也很好，纽拉姨妈！

**安娜** 嗯！我就穿它去参加婚礼。

**伊万** 参加谁的婚礼？

**热尼娅** 呃……卡皮托利纳的，应该是她啊。一年又一年，到该嫁人的时候了。小姑娘已经出落成人了……我就把这件小短衫送给她，反正我穿也小了。瞧，真漂亮！给，纽拉姨妈。哦，不，我自己去送给她……

　　〔亚历山德拉毅然决然地走进院子。

**亚历山德拉**　你们跑哪儿去了？（对伊万）您好。（对安娜和热尼娅）鱼都冷了，土豆也凉了……喂，你们怎么回事？里马斯一直追着我问："她们人呢？她们人呢？"

**伊万**　你好，萨尼娅。

**亚历山德拉**　您好，伊万·杰梅季奇①。未婚夫都急死了，我说，你们在这儿……开了家新的农村商店啊？

**热尼娅**　是礼物……

**安娜**　哎，伊万带回来的。

**热尼娅**　教母……

**亚历山德拉**　那你们去还是不去啊？还得等多久啊？

**热尼娅**　教母，那万尼亚姨夫呢？

**安娜**　伊万在这儿呢，萨尼娅！你把他往哪儿搁？

**亚历山德拉**　我怎么知道？这四年在哪儿，就去哪儿呗。

**伊万**　说什么呢，萨尼娅？

**安娜**　（解围）他在各地奔波……

**亚历山德拉**　那就继续奔波，我可没时间……未婚夫等着呢。喂，你们还不走啊？

**伊万**　什么未婚夫？

**安娜**　里马斯·阿尔贝托维奇。

---

　　①　伊万·杰梅季奇，杰缅季耶维奇的口语形式。

233

**伊万** 帕季斯？你的未婚夫？

**热尼娅** 万尼亚姨夫，等等……万尼亚姨夫……

**亚历山德拉** 噢！噢！现在哆嗦了……哼——哼……战争期间我们
在这儿是怎么哆嗦的，你知道吗？怎么忍饥挨饿的？……现
在哆嗦了……你哆嗦什么啊？早干吗去了……

**安娜** 打仗去了啊，应该是……

**亚历山德拉** 打仗期间连一封信都没有……

**伊万** 没办法啊，我！没办法！

**亚历山德拉** 那仗打完了呢？四年呢！……姑娘们，你们看看！
现在冒出来了！

　　　〔伊万咬紧牙关，握紧拳头，朝着亚历山德拉冲过去。为
　　了躲开他，亚历山德拉开始绕着院子跑。

**伊万** 萨什卡！萨尼娅！我跟你……你等一等！我跟你说！过来！

**亚历山德拉** 喔！喔！伊万雷帝①！你们看啊，好凶啊！马上要杀
人了！

　　　〔热尼娅和安娜向伊万冲过去，想要拉住他。

**热尼娅** 万尼亚姨夫，等等！

**安娜** 伊万！万尼亚！里马斯是好人！他没有恶意！

**热尼娅** 纽拉姨妈！别说了！

**伊万** 到我这儿来！来！打仗的时候想的都是她……萨什卡！
（撇开两人）喂，萨什卡！……

　　　〔为了躲开伊万，亚历山德拉满院子地跑，安娜和热尼娅
　　想把伊万拉住。

――――――――――
① 俄罗斯帝国第一位沙皇伊万四世（1530—1584），意志坚强，个性暴戾。

**亚历山德拉**　来啊！把我们大家都杀了！就因为我们都活下来了！来啊！有人要让我们脱离饥寒交迫的生活了！……

**伊万**　帕季斯是好人?! 是吗?!

**亚历山德拉**　你以为呢？突然跳出来，你演戏啊！得了吧，您！呃，突然冒出来！跟电影里演的差不多，在人家最幸福的时候……冒出来。

**伊万**　我不好?!

**亚历山德拉**　好！从哪儿冒出来这么个好人——真搞不明白！姑娘们，他从哪儿来的啊?!

**伊万**　看着我……我想盯着她的眼睛……想看看她！放开！

**热尼娅**　别这样，万尼亚姨夫！

**安娜**　伊万，冷静点儿！

**亚历山德拉**　让他看。幸好还有人可看……

**热尼娅**　教母，别说了！

**亚历山德拉**　要不是里马斯！……现在就该往我们坟上送花了！

（坐到桌边的长凳上）

〔伊万愣住了。停顿片刻。拿起风衣、帽子和箱子。

**热尼娅**　你去哪儿，万尼亚姨夫?

**伊万**　舒拉……得活着。对不起！当然得活着。

**热尼娅**　万尼亚姨夫，喂，你坐下。坐我旁边……

**伊万**　我要走。侦查完就走，四处看看就……走。

**热尼娅**　等等！等等。给你看看我儿子？我生了个儿子，万尼业姨夫！已经四岁了！

**伊万**　是吗? 不错啊！

235

**热尼娅** 丈夫去远东当志愿兵了……你坐下，坐。我跟你说说。

**伊万** 丈夫不会不要你了吧？

**热尼娅** 我们等他消息呢。坐啊。他一拿到一居室我们就过去……万尼亚姨夫，喏，你坐！

**伊万** 瞅瞅你们的小天使……再坐。估计得坐很长时间。

　　（从院子里往外走）

**热尼娅** （与他并排走，拽着他的衣袖）你知道他叫什么吗？

**伊万** 谁？

**热尼娅** 我儿子啊！叫瓦洛佳。

**伊万** 为什么啊？

**热尼娅** 希望他跟列宁一样聪明。喂，你去哪儿？

**伊万** 他聪明？

**热尼娅** 列宁吗？

**亚历山德拉** 怎么，难道傻啊？

**伊万** 不知道，我没见过他。叶夫根尼娅，放开。（离开）

　　　　［停顿。

**热尼娅** 走了……

**亚历山德拉** （她想去追伊万，但双脚发软，一下子便坐到了台阶旁的地上）让他走。

　　　　［安娜和热尼娅朝亚历山德拉跑去。

**安娜** 老天呀！

**热尼娅** 教母！

　　　　［亚历山德拉并没站起身来，而是朝着台阶挪过去，坐到阶梯上。

236

**亚历山德拉**　瞧，这狗东西……一下子就闻出来了——察觉到菜园子里有动静：他大概是藏在土豆地里的，叶子中间，所以我没看到。回屋的时候我还在想：还得去看看。果不其然。

**热尼娅**　是！是！你头晕了吧?!

**亚历山德拉**　我说什么来着？哦！……

**热尼娅**　教母，他俩会打得头破血流吧？

**安娜**　伊万更厉害。估计伊万会赢。

**热尼娅**　咱们赶紧跑去？纽拉姨妈，教母……好歹劝劝架……

**亚历山德拉**　（想站起来）噢，见鬼……站不起来。（坐了下去）瞧我的膝盖。使劲发抖。手给我。（把热尼娅的手放到自己的膝盖上）

**热尼娅**　啊——啊，抖得好厉害！

**亚历山德拉**　你说跑去……没法跑，你们得拖我。鬼知道他这四年到哪儿去了？突然冒出来……又是礼帽，又是领带，哟哟哟……还扯到列宁的事……走了？那就好，赶紧走。

**安娜**　他是走了。

**热尼娅**　那我们呢？抄着手干坐着？

**亚历山德拉**　（下定决心）走，不过，我们……也只能跟着。（艰难地站起身来，安娜和热尼娅帮忙扶着她）扶好了，别松手啊。

**安娜、热尼娅**　扶着呢，扶着呢！

**亚历山德拉**　走着走着我就能跑了……就没事了。喔——哟——哟，姑娘们……那边战争结束了，我们这边又开始了……内讧。

237

# 第六场

　　克拉斯诺晓科夫家。里马斯在桌旁忙来忙去——从铁罐里把冒着烟的土豆盛出来，切面包……门嘭地响了一声，伊万走进来，立在门边。


**里马斯**　（没有回头看）亚历山德拉？萨莎，是你吗？

**伊万**　（把箱子放到旁边靠墙处）哼哼。

**里马斯**　你把盐拿来了？我们自己的也找到了！在窗台上呢……被窗帘给挡住了。

　　〔伊万把亚历山德拉的头巾从墙上的挂钩处取下来，贴近脸庞，然后又披到脑袋上。

　　喔，鲑鱼……

**伊万**　（在里马斯的背后停下来，悄悄地说）干得漂亮。

**里马斯**　小鱼，肉很嫩……闻到香味了？嘿——嘿！

　　〔伊万坐到桌旁的凳子上，背朝里马斯抽起烟来。

　　她们在干吗？梳妆打扮？过来坐会儿就好……不用那么麻烦。瞧，萨莎，你也上瘾了……抽个没完。

**伊万**　啊——呀——呀。

**里马斯**　我们来算算……索尼娅跟彼得抽的时候，你抽了一根，米哈伊尔抽的时候，你抽了第二根，在河滩上把热尼娅从圆木堆里拖出来的时候是第三根，胜利日是第四根……今天是第五根了……（沉默片刻，在一旁坐下，肩膀几乎碰到了伊万的背部）趁她们没来，给你讲讲我的立陶宛童话……
其实呢，也不算童话……就是古时候的一个故事。很早以前
了……立陶宛还不叫立陶宛的时候。听吗？（停顿）要是战
士打完仗没回家，也没人知道他在哪儿，情况如何，妻子
就应当等他三年。三年结束，行了，她有权为自己做出选
择……新的选择。有意思的是另外一种情况：她选了一个新
的，可这个时候旧的又要回来了。怎么办呢？那就点燃十二
堆旺盛的篝火。六堆放这边，另外六堆放对面——搭起一条
火廊。呃……女人得从中间穿过去。从头到尾。如果能经受
住，能穿过火焰……并且完好无缺、毫发不损，那她就是清
白的，就没有任何过错和罪责……就有权跟心上人一起生活。
而萨莎……等了不止三年，而是八年。所以，也不是十二堆
篝火……

**伊万**　那是多少？（从脑袋上取下头巾，放到面前）

**里马斯**　你知道怎么算？我不知道。亚历山德拉在你面前是清白
的……在所有人面前都是清白的。这我知道。

　　　　［停顿。

**伊万**　你跟她在一起很久了？

**里马斯**　哎哟，伊万……（为自己和伊万倒上伏特加）为欢迎你
回来干一杯？

**伊万**　我已经喝得差不多了。

**里马斯**　我看到了。马戏都开场了：不光哼哼哈哈的，还戴头
巾……你是跟彼得一起打的仗？

**伊万**　我俩被分开了。我被派到了白俄罗斯，他在斯大林格勒郊

239

区。在火车上就被分开了……

**里马斯** 古巴廖夫非常想把你跟彼得关起来。非常想。跟契卡工作人员都冲到站台上去了，想把你们从车上拽下来。不过我们只赶上了车尾巴——"突——突……"

**伊万** 场面够热闹的吧？给我们定的什么罪？……

**里马斯** 要是逮到了，肯定会有罪的。但这么一来……谁要抓你们啊？又不是逃到疗养院去了。只好算了。但马上就开始了穷凶极恶的报复……

**伊万** 古巴廖夫？

**里马斯** 既针对索尼娅，又针对萨莎。米哈伊尔也从马厩里被赶了出去……又冷又饿。分给你们的柴火是从最偏远的林子里运来的。是杨树苗，被冻得很厉害——没法用来取暖。只得把澡堂给烧了，我帮着劈开……所有能烧的东西都烧了。女人和孩子都很苦。提都不想提。

　　［他们把酒一饮而尽。

　　知道米哈伊尔的事了？

　　［伊万点点头。

　　那个冬天兔子不少：繁殖了很多。我设好圈套，总有一两只会落网。如果没被狐狸吃掉，我就拿过来给他们。夏天要好点儿——有鱼、蘑菇……嫩的荨麻也会弄来煮着吃……

**伊万** 纽拉把主席弄死了？

**里马斯** （沉默片刻）刚开始是我替他。就派了安娜去采运木材，在泰加林待了一个月。没事，都过去了。你跑哪儿去了？

**伊万** 四四年以前都在打游击。逃出敌人的俘房之后就跟作战部队汇合了，一直打到柏林。仗打赢了，已经到柏林了，我们的反间谍工作人员是个不错的爷们儿、犹太人，他把我喊去说："万卡，你先别回家了，要不然，你这个前战俘肯定会被送到集中营去审查的。要想有活路，就先到各地去跑跑吧。"喏……我就去跑了跑。

**里马斯**　你还被俘虏过啊？

**伊万**　（为自己和里马斯倒上伏特加）十一天。干了。

　　　　[他们把酒一饮而尽。

**里马斯**　逃出来了？

**伊万**　把押送我的家伙给咬了。

**里马斯**　怎么咬的？

**伊万**　用牙咬的啊。那之前是在突围——我们整个连都被截了。活下来的……我不知道还有没有。夜里追我们的人白天就把树枝盖在身上睡觉，等天黑。有一次，我钻进了一个小村子的草垛里，想取取暖，后来就睡着了。得了，就被他们逮到了。他们是想用那个草垛喂马。把我带到地下室去了，天亮之后我的手脚都被捆了起来，然后把我扔上大车送到中心村镇去枪毙。是他们的一个兵负责押送我。一看那人就感觉吊儿郎当的。帽子都没好好戴，就这么歪着。他一边把缰绳弄得咔咔响，一边用口哨吹一首德国歌……笨蛋，吹出事情了。

**里马斯**　押送你的就一个人？

**伊万**　是啊，怎么啦？我是被绑着的！他手里有枪。他们把我扔到车上的方法没对，太着急了。不该像运死人那样双脚朝前，应该让脑袋冲着马匹，冲着前进的方向，来，我给你演示一

241

下，你马上就能明白……把我绑起来。

〔两个人都明显有些醉了。

**里马斯** 干什么？我可不想。女人们都在哪儿呢？

**伊万** （从墙上取下晾衣绳）嗨，我在她们那边……稍稍折腾了一下子。她们马上就来。我说，你给我绑上。像真的那样，你才能明白。

**里马斯** 好。（把伊万的手从背后绑起来）这样？

**伊万** 牢……牢吗？你别不忍心下手……我对你不会不忍心的。

**里马斯** 好了。牢吗？

**伊万** （坐到凳子上，伸出腿）把脚绑上。

**里马斯** 脚就不绑了。

**伊万** 好吧。把你的凳子放到我的脚前面。打个比方，我们这就在车里了。坐上去，背朝我坐上去，你控制缰绳。车子动起来了。我们这就是在车里了。你很兴奋——把人拉去枪毙！拉的是敌人！

**里马斯** 你不是我的敌人。

**伊万** 是朋友？那你干吗把我的老婆弄跑了，朋友？

〔停顿。

**里马斯** （背对着伊万坐到凳子上）接着说。

**伊万** 然后……周围都是林子……头顶上有鸟儿……在叫。

**里马斯** 我可不叫。

**伊万** 怎么？不会呀？

**里马斯** 不叫。

**伊万** 哦，那就摇晃。车上很晃……这样来来回回的。

**里马斯** 你倒是做点儿什么啊，比画比画啊……一直都在说些没用的。

**伊万** 哼，没用的！我在准备为自己的生命而战。

**里马斯** 准备得还挺久的。

**伊万** 那是。

　　〔亚历山德拉、安娜和热尼娅走进来。伊万伸长双腿，朝前一踢。

　　喏，就是这样！

　　〔里马斯嘭的一声飞了出去，落到地上。伊万立马朝他扑过去……用牙咬住脖子旁边的翻领，嘶吼着拉扯里马斯的衣服。嘈杂声、叫嚷声。女人们想把两人分开。

**亚历山德拉** 伊万！你干什么?！伊万！

**热尼娅** 里马斯叔叔！起来！

**安娜** 把他拖开！要被咬死了！万尼亚！松开！

**热尼娅** 万尼亚姨夫！好了，好了！

**亚历山德拉** 里马斯！伊万！

　　〔把两人扯开，扶他们站起来。

**安娜** 喔——喔！衣服全撕破了！

**亚历山德拉** 你们干什么啊！你怎么被绑起来了?！我拿你们简直！……哎呀，你们！（帮伊万解开绳子）

**热尼娅** 里马斯叔叔，您到一边去！求您了……

**安娜** 差点儿咬死了。

**亚历山德拉** 万卡！行了，你们血也喝了……你怎么会被绑起来了……你怎么会成这副样子?！（抖抖绳子）里马斯！你干吗这么对他?!

**热尼娅** 里马斯叔叔,您先坐着,等会儿!

**伊万** 萨尼娅,得了。萨尼娅……里马斯,你说!

**里马斯** 你就是个傻瓜,伊万。

**伊万** 我让他绑的,萨尼娅。我喊他弄的……这样更直观些。

**里马斯** 他是在表演……你们别怕。热尼娅,行了。萨莎……伊万,你说话啊!

**伊万** 没事!我们开玩笑呢!你们怎么都这样……

**亚历山德拉** 我们怎样啊?至少不会互相乱掐!

**安娜** 不会咬人,不过……

**伊万** 我咬的是衣服,又没咬喉咙!你们干吗这么……紧张?我就是想给他演示……演示一下!

**热尼娅** 演示什么,万尼亚姨夫?!是野兽还是什么?

**里马斯** 演示他如何逃出敌人的俘虏!……他如何抓住德国人的脖子……如何咬他的脖子……他杀过德国人。我让他演一下怎么杀的……

**伊万** 唉!你们立马就……怎么回事嘛……

　　　　〔停顿。

**热尼娅** 咬脖子?万尼亚姨夫……上帝啊!

**亚历山德拉** 你怎么……还被俘虏过?

**伊万** 有过……那么一小段时间……

**亚历山德拉** 我看你头发都白了……

**伊万** 喂,里马斯!衬衣破了?萨尼娅,给里马斯补补。

　　　　〔停顿。

**亚历山德拉**　（拿起凳子，放到屋子中间）……来，坐，伊万·杰缅季奇，坐，坐。这里都是自己人，最亲的人……坐下了？

**伊万**　坐下了……

**亚历山德拉**　现在你知道要干什么？

**伊万**　干什么？

**亚历山德拉**　说说这些年都去哪儿了，见过什么，干过什么……

　　〔停顿。安娜和热尼娅坐到门边的凳子上。大家都安静了下来。

**里马斯**　萨莎，伊万参加过游击队，打过仗，一直打到柏林去了……

**亚历山德拉**　（打断）里马斯·阿尔贝特奇，等等！当初你跟土匪强盗也不是在玩牌啊。一直都不知道你的死活。去他的战争……什么事情都可能发生，不管，随他去吧。可是打完仗之后呢？一五一十地说说，行吗？你要是说瞎话、绕弯子，我立马就能发觉。如果……要说瞎话，那就说得让大家都相信：安娜、热尼娅和我都得信……说得我们吃惊到眼睛瞪到额头上去。那样你行吗？要是不行，最好就提起箱子，在屁股上插根羽毛赶紧走……没有你我们也过日了了吧？也活下来了吧？今后照样可以。怎么变哑巴了？说啊。兴许你是我们这里厉害得不得了的英雄，可我却往你身上倒了一桶水。可能我该趴到地上在你面前请求原谅，但我……来，我们都听着呢，伊万·杰缅季奇。

　　〔停顿。

**伊万**　嗯……被俘虏了，逃跑了。被游击队员发现，就去打游击了……后来，队伍扩大了——差不多过了一年半，给我们弄

245

了个……女报务员来。

**亚历山德拉**　你可真走运，上帝啊！难不成是用包裹弄来的？

**伊万**　干吗用包裹？飞机啊。我就跟她……打仗期间都跟她在一起，在德国也是……呃……就是这样，萨尼娅……我对不起你。她有个孩子，女儿……跟外婆住在乌格里奇。本来打算战争结束以后她回乌格里奇，我回乌拉尔。可是后来情况有了变化。我就跟着她去了……老太婆死了，女儿不见了。据说是在伏尔加河边的一个孤儿院里。到底是哪一个——没人知道。所有东西都被毁了。十三岁了，那个姑娘，四五年的时候。叫娜斯佳。呃——呃……找了两年。

**亚历山德拉**　找到了？

**伊万**　我把她找到了。四七年，她母亲过世之后。

**安娜**　她怎么了？

**伊万**　浑身是病。腿也没了。在柏林被炸掉了。战争刚结束的时候，我拖着她跑（微微一笑）在澡堂里跟女人们一起洗了两年的澡，她们同意我进到……女澡堂里面去，帮她洗澡，自己顺便也洗洗。我也不知道怎么回事，一辈子都能遇到好人！（差点儿哭出声来，不过还是咬紧牙关忍住了。沉默片刻）四七年萨尼娅死了……

**热尼娅**　呃……

**伊万**　是的，也叫萨尼娅。我把她埋了，伤心了一段时间。抚养娜斯佳长大，帮她站稳脚跟……是想写信来着。一直都想……可是怎么写呢？难道在信里面解释一通？一直就拖着：心里想，明天一定写……算了，再等等就写，等有机会祝贺节日什么的……后来一看——妈呀！战争结束都三年了，都四年了……可我还在"写"。我对不起你，萨尼娅。肯定的。我非常对不起你，可能……你决定吧。（停顿）明白了。（站起来，拿起箱子，走到门口）原谅我，舒拉。

**亚历山德拉**　谁让你走了？嗯？坐下！坐回去。

　　［伊万走了回来。停顿。亚历山德拉从桌上拿起空瓶子，走出房间。回来的时候拿着一瓶没开封的伏特加。

　　给你们一晚上的时间。早晨我会过来，碰到谁，就跟谁过日子。随便你们怎么看我。喏，给……（把酒瓶放在桌上）你们看着办。要是互相耍横，那你们俩都见鬼去。（对女人们）走。（抓起头巾）

　　［女人们离开。

　　［停顿。

**伊万**　（走到钟前，拨弄了一下钟摆）里马斯，我把你踹疼了？没伤着吧？别生气啊。

**里马斯**　（打开酒瓶，倒伏特加）得了。没事儿。

**伊万**　我看你也能喝两口啦。以前好像不喝。

**里马斯**　很少喝，得过溃疡。

**伊万**　现在好了？

**里马斯**　让打仗给治好了。当然，也没全好。

**伊万**　干了？

**里马斯**　当然。可别拿我下酒。

**伊万**　你别生气。

　　［他们把酒一饮而尽。

**里马斯**　你在林子里冲着德国人也那么嚎了？

**伊万**　不，还要更厉害点儿。

**里马斯**　还要厉害点儿？把他给吓住了？

**伊万**　有那么一小会儿。否则我就不可能跟你在这儿瞎扯了。

　　　　〔里马斯开始收拾自己的东西。

　　　　要走？

**里马斯**　是的。

**伊万**　里马斯，爱上舒尔卡了？（停顿）她很好……她……

**里马斯**　别说了，伊万。

**伊万**　（从口袋里掏出一块手表）给彼得的。你拿着，好吗？

**里马斯**　（接过手表）谢谢。

**伊万**　谢谢你。替所有人。要不……再坐会儿？

**里马斯**　再坐会儿。

# 第七场

　　　　大清早。斜坡。四处散落着刨花，亚历山德拉裹着头巾坐在中间的一根原木上。热尼娅上。

**热尼娅**　教母！坐了整整一夜？我看床铺都没人碰过。（在旁边坐下）我一猜就在这里，在我们的老地方。

**亚历山德拉**　从这儿能清楚地看见我家的窗户。

**热尼娅**　怎么？灯还亮着？看不清……

**亚历山德拉**　是看不清。已经被太阳光盖住了。

［停顿。

**热尼娅**　我们的丘索瓦亚河可真漂亮！闪闪发光的。

**亚历山德拉**　（拍了拍手）跟你妈说的一样！嗯嗯，跟索尼娅说得一模一样！哎哟，我都起鸡皮疙瘩了。哎……

**热尼娅**　你想怎么样？我是她女儿呀。

**亚历山德拉**　说得实在太像了。

**热尼娅**　教母，你愿意谁留下？

**亚历山德拉**　不知道……上帝给谁就谁吧。

**热尼娅**　里马斯叔叔挺好的……

**亚历山德拉**　那伊万不好？你听到了，他受过多少苦啊？被俘虏过，打过游击，还……到处跑。头发都全白了。真——是——受——苦……

**热尼娅**　万尼亚姨夫……绝对是亲人啊。亲姨夫，亲的。

**亚历山德拉**　当然是亲的。那么里马斯不亲？上帝给谁就谁吧……

**热尼娅**　已经早晨了。去吧，有个人在等你……

**亚历山德拉**　让他等等。咱们再坐会儿。别扔下我。两腿发抖……就跟大姑娘要去约会似的。

　　　［她们笑了起来。伊万上。挤到亚历山德拉和热尼娅中间，坐了下来。停顿。热尼娅牢牢抓住他的一只手，摁到肩膀上。

　　　［亚历山德拉转过脸去，哭了。伊万把她的脑袋转向自己，亲她的额头、眼睛、脸颊。

　　　万……万……我的万尼亚……

　　　［三个人都哭了。

**伊万**　我们这是在开掘第二条河啊，马上要把第二条丘索瓦亚河给哭出来了。嗨，去他的……行了，没事了。往后不许再哭了。好了。

　　　　〔安娜上，她朝坐着的几位走去。

　　　　听，公鸡都打鸣了，我们这是怎么了？萨尼娅，来，唱一首？

**安娜**　唱哥萨克那首，万尼亚！"船板坏了"那首。

**伊万**　嗨！纽拉！坐。

**安娜**　（坐下来）唱哥萨克那首。

**热尼娅**　（唱）

　　　　　　哥萨克穿过小河回家去，

　　　　　　年轻的哥萨克单身汉回家去。

　　　　〔热尼娅的声音纯净、高亢、无拘无束。

　　　　　　船板坏了，

　　　　　　哥萨克真为难——

　　　　　　他开始舀水，

　　　　　　用——靴——子——舀！

　　　　　　　　　　　　　　　　　　——幕落

# 图书在版编目（CIP）数据

俄罗斯当代戏剧集.3/（俄罗斯）娜·莫西娜等著；邱鑫等译.—北京：
中国国际广播出版社，2018.9
（中俄文学互译出版项目·俄罗斯文库）
ISBN 978-7-5078-4223-4

Ⅰ.①俄… Ⅱ.①娜…②邱… Ⅲ.①剧本－作品综合集－俄罗斯－
现代 Ⅳ.①I512.35

中国版本图书馆CIP数据核字（2018）第170023号

《中俄文学互译出版项目·俄罗斯文库》由中国国家新闻出版署和俄罗斯出版
与大众传媒署批准，中国文字著作权协会和俄罗斯翻译学院负责组织实施。

## 俄罗斯当代戏剧集 3

| | | |
|---|---|---|
| 出 品 人 | 宇 清 | |
| 策 划 | 王钦仁 | |
| 统 筹 | 张娟平 | |
| 主 编 | 苏 玲 | |
| 著 者 | 〔俄〕娜·莫西娜 康·科斯坚科 等 | |
| 译 者 | 邱 鑫 陈建硕 等 | |
| 责任编辑 | 何宗思 | |
| 版式设计 | 国广设计室 | |
| 责任校对 | 徐秀英 | |

| | | |
|---|---|---|
| 出版发行 | 中国国际广播出版社 [010-83139469 010-83139489（传真）] | |
| 社 址 | 北京市西城区天宁寺前街2号北院A座一层 | |
| | 邮编：100055 | |
| 网 址 | www.chirp.com.cn | |
| 经 销 | 新华书店 | |
| 印 刷 | 环球东方（北京）印务有限公司 | |

| | |
|---|---|
| 开 本 | 880×1230 1/32 |
| 字 数 | 192千字 |
| 印 张 | 8.25 |
| 版 次 | 2018 年 9 月 北京第一版 |
| 印 次 | 2018 年 9 月 第一次印刷 |
| 定 价 | 58.00元 |